微篇小说

时代记录

尚书房

去原始森林的那个下午

陈 毓◎著

地震出版社
Seismological Press

图书在版编目（CIP）数据

去原始森林的那个下午 / 陈毓著 .—北京：地震出版社，2018.9

ISBN 978-7-5028-4671-8

Ⅰ. ①去…　Ⅱ. ①陈…　Ⅲ. ①小小说－小说集－中国－当代　Ⅳ. ① I247.82

中国版本图书馆 CIP 数据核字（2018）第 125698 号

地震版　XM4167

去原始森林的那个下午

陈　毓　著

责任编辑：范静泊

责任校对：凌　樱

出版发行：地震出版社

北京市海淀区民族大学南路 9 号　　邮编：100081

发行部：68423031　68467993　　传真：88421706

门市部：68467991　　传真：68467991

总编室：68462709　68721982　　传真：68455221

E-mail：seis@mailbox.rol.cn.net

http：//www.dzpress.com.cn

经销：全国各地新华书店

印刷：北京一鑫印务有限公司

版（印）次：2018 年 9 月第一版　2018 年 9 月第一次印刷

开本：710×1000　1/32

字数：108 千字

印张：8.25

书号：ISBN 978-7-5028-4671-8/I（5364）

定价：38.00 元

目录

你怎么回事

经过近半月的踩点摸底，他在这个下午进入了那扇门。

年轻女人的房间。此女独身，而且像修女一样简单纯洁。他快速得出结论。

他的眼睛像精密的探测仪，从床到衣柜，到卫生间，再到厨房，最后又回到小小的客厅。他在心里微笑。

更可喜的，是那姑娘很美，神情庄重，气质高贵，恰到好处的矜持，一点点的幽怨要细心识别才能发现。

现在那姑娘在墙上，静静打量他这个贸然闯入者。

门后的衣架上挂着她的外套和围巾，它们搭配在一起的色调让他觉得赏心悦目，他走过去，把围巾和外套摘下来，又走上前去，搭在照片上的姑娘的颈脖上，他现在连她的身高都能判断出，甚至她的气息，也仿佛可闻。他顺势做了一个拥抱的姿势，像一个彬彬有礼的绅士，一个情郎见到他的爱人那样。

为了延续他的幸福感，他走到衣柜前，把每一扇门，每一个抽斗都打开，那里井然有序地放着她的日常，她的不为人知的小秘密。他用两根指头挑起一件绸质胸罩，在自己的胸前比划了一下，之后他矫正了自己刚才的拥抱姿势，把手臂往里缩了两公分，心里说，这样的拥抱才适合你。

行动干净利索，决不能迟疑犹豫拖泥带水，这是干他们这行的行规，但是今天他违背了，他在犯规。

他一直是个谨慎小心的人，在“工作”时不会冒任何一个危险。鬼知道他今天怎么回事?

现在你再看他，从容走到床边，在床上躺下，让他觉得美好的气息在那里格外浓郁，他差不多立即进入梦乡，他睡了十分钟，或者半分钟，之后他猛然醒来，他惊跳而起，仿佛刚醒悟自己此刻置身此地的目的。他迅速走到梳妆台前，一一打开那些精致的抽屉，把一些首饰、现金迅速装进自己的挎包。

该走了。

但他的目光却停留在镜子里，他低头从放在镜子边上的笔记本上撕下一页纸，又借用了主人的圆珠笔，仿照孩童的笔迹，十分稚拙地写下一行字：妞，我想亲死你!

他把纸条放在梳妆台正中，用笔压住，确定主人归来即便得知自己遭盗的不幸事实时，也能在临昏厥前看见这个字条，读完这一行字。

之后他拍拍自己戴手套的两只手，带着他的获得，离开现场。

这依然会是一桩在警察那里挂着的案子！挂着挂着，连警察、连失主都会忘掉这事，世界太大了，大到这样的事件连本市晚间新闻都上不了。晚上躺在床上，他不无遗憾地这般想。他想，若是能上新闻，说不定他就有机会在记者的镜头里看见失窃姑娘的真实容颜呢。

时间一天天过去，现在，他改行了。“金盆洗手”以前是一个词，现在是他心里能体会到的真切感受：轻松，自在，释然。

他带着释然之后的轻松和自在衣冠楚楚地走进一家豪华购物中心，一阵香风扑上他的脸，使他心旷神怡，等他从迷蒙的香气里醒过神，就见那个姑娘，正站在一排高高低低的名贵香水瓶子后面迎面而立。他眼睛一亮，满心欢喜，由不得冲着她“嗨”了一声：是你啊？原来你在这里上班？

他热情相迎，忘了过往，只是惊讶与欢喜。

那姑娘准把他当成了一位久未谋面的熟人，没准是自己十年不见的小学同学呢。他没看错，这确实是个有教养富美德的姑娘，她对他也是笑脸相迎，一边期盼他能早点报出大名好让她免受尴尬。

他一直走到她跟前，他把脸凑上去，直到姑娘独一无二的香气清晰可闻。他用低沉的嗓音在姑娘耳边细语：妞，我真想亲死你！

然后他像是说出了一个深藏心间已久的心愿似的安静退去。

他不能回头，因此他没法看见那可爱姑娘脸上的笑容是怎样一点点冻结在脸上，红晕如何一点点退去，苍白又是如何铺满了那张迷人的脸蛋。

警察找上门来的时候他正在梦乡里，他惊讶谁一大早就来敲他的门，不是贼就不怕人敲门，是的，他早都不做贼了，也早没了原先的那份警惕。因此当他打开房门，看见警察的一瞬，他还是有点吃惊，但他立即就明白了，并且明白自己已无路可逃。

于是，他和那个比自己年轻几岁的警察开玩笑：要不是我提供线索，就是再过十五年，你也不会破案的。

年轻警察谦虚地点头，在他的手腕上一拍，说，我承认你是个奇迹。

《小说月刊》2012年9期

白里曼法官的离婚案

上午九点半钟，白里曼法官准时出现在法官席位上。在审理完今天的案件之后他将退休，彻底告别这个他效力了三十年的法庭。

白里曼法官今天审理的是一桩离婚案，被告是婚姻中的丈夫，原告是妻子。

在提问前，白里曼法官照例认真打量双方，这是他三十年里养成的习惯，不管案件当事人因何来到这里，白里曼法官都会用平等的、近于神父的目光打量他们，似乎希望借此把他普世的爱赠与对方。

白里曼法官温和地打量这对夫妻，丈夫高猛威壮，妻子细瘦伶仃，仿佛在过去的生活里，他们一个用狠了加法，一个用狠了减法。

注视过他们之后，白里曼法官用温和的声音询问原告方，妻子。

白里曼："你确定要和你的丈夫离婚？"

妻子："是的，法官先生。"

白里曼："你丈夫有外遇了吗？"

妻子："这个我不确定，法官先生。"

白里曼："他虐待你吗？"

"这个——"瘦弱的妻子神情更加迟疑。

"你离婚的理由是什么呢？"白里曼法官停顿一会儿，温和地问。

"我结婚的头一个月就确定我不能和我的丈夫在一张床上睡觉。"

“是何缘故？”

“他打呼噜，我没法形容他的呼噜，但是，法官先生，你想象一下你整夜睡在冰山和冰山之间的风口上是什么感觉。无论我盖多厚的被子，都没用。”

“你就因为这个要和他离婚？”

“也不是，法官先生，我和我的丈夫在过去的二十年，没在一张床上度过一个通宵。上个月，我们结婚整二十一年。”

“你在二十一年之后提出离婚，另有缘故吗？”

“我的丈夫，无论什么食物，到他嘴里，好像都无需咀嚼，囫囵两下就吞咽下去，我每次看他吃东西，都要替他担心，担心他被噎住，尤其吃鱼的时候，我都捏着一把汗，到头来，我自己完全忘掉了食物的滋味，我几乎不想再吃东西了。一顿又一顿，只要是我丈夫和我一起进餐，我只能看着他吃。”

难怪她那么瘦弱。白里曼法官想。“你是因为这个理由要与你的丈夫离婚？”

“也不全是，法官先生。他总是那么重的关门，他开关水龙头是那么地狠重，是的，法官先生，就是‘狠狠的’，仿佛他在生门、生水龙头的气。我家的水龙头和门锁都是更换最勤的物件，或者正是这个缘故。我请求他轻点关门、轻点开关水龙头，但二十一年过去，他都做不到。我每次听见水龙头开到极限发出的哗哗流水声，我就有尿胀的感觉。我由不住想，若是我家的水龙头每秒出水一吨，我丈夫恐怕也会开到极限。”

法官白里曼听到这里，觉得遇见职业生涯的难题了，在过去的三十年里，他判过那么多的离婚案件，却都分明和眼下这桩大不相同。

就在白里曼先生犹豫沉吟之际，他听见瘦弱的妻子继续说——

“一年四季，我丈夫只有在冬天才不会在家里光膀子，他那么爱光膀子，夏天如此，春天和秋天也是那样。

我在厨房里炸鸡腿，他光着上半身在边上看，使我紧张不安，为他的光身子操心，结果几次误把味精当盐放了。

“法官大人，就在昨天晚上，我的丈夫把家里很多‘不完美’的瓷碗、瓷盘、瓷杯子都打碎在地上了，不是因为他和我吵架，是因为他觉得那些‘有印痕的’瓷碗、瓷盘、瓷杯子难看，他说那些印痕、划痕洗不掉，就有不洁净感，不完美。法官大人，那些瓷器是在厨房的地砖上击碎的，当我丈夫用力使它们碰撞在地板上破碎的时候，我感到我的牙齿在咀嚼沙砾，又像是脖子的骨头被什么东西压碎了。法官大人，我确信我再也不能和我的丈夫在一个屋顶下过下去了。

“我恳请法官大人同情我，准予我和我的丈夫离婚，若是法庭不同意离婚，我将撞死在法庭之外的第一根廊柱上。”

白里曼法官看见那妻子低下头，不再言语，似乎在啜泣。

那一直不说话，在边上听他妻子诉说的气鼓鼓的丈夫，这时候大声向白里曼法官提出抗议，他说，若是法庭同意他妻子离婚，他将撞死在法庭之外的第二根廊柱上。高猛威壮的丈夫说完这话，气哼哼地向法庭之外走去，边走边解衣服的扣子，三步之外，上衣已经在他手上了。白里曼法官看着那个哆嗦着肥肉离去的背影，禁不住闭上了自己的眼睛。

白里曼法官再次确信这是三十年职业生涯里遇见的最叫他踟蹰不决的案件，禁不住发了一回呆。但他随即被一声巨大的关门声震醒过来。一团灰尘随即罩住了白里曼法官的视线。刚才猛烈的关门声震毁了白里曼法官头顶那副悬挂多年的“中正”条幅，落下来的那个“正”字恰好苫住了白里曼法官的脑门。

白里曼法官狼狈地宣布休庭。

走到隔壁的法官室，白里曼法官从窗户向外看，他看见那丈夫挥舞着手上的外套，一步两个地跨下了台阶，他继续向前，走过了第一根廊柱，走过了第二根廊柱，随后，连第七根廊柱都走过了。

不久，那个细瘦的身影也出现在白里曼法官的视线里,她小心地走下每一级台阶,仿佛台阶是玻璃做的,她不确定是否会踩碎它们，或者，那台阶上正结着一层光滑的白冰似的。

那妻子走到了第一根廊柱边，停了下来，白里曼法官大吃一惊，直到看见那妇人并没有把身子撞上去，而是把她消瘦的脸紧紧地依偎上去时，才放下心来。

深秋季节，白里曼法官想象那张瘦脸贴在冰凉的石柱上是多么的寒冷。

他叹息一声，想到自己明天就要退休，今天还遇见这样愁烦的一件离婚案，白里曼法官摇动他满头白发的脑袋。

《延河》2013·10期

糖

除夕的团圆饭是在饭店吃的。回到家，春节联欢晚会还没有开始。中年的她和老年的父母，以及一男一女两个少年闲话。女孩是她的，男孩是哥哥家的。哥嫂去同事家打麻将了，他们连续几年都没有认真坐下看春晚了，说，没意思，还不如打麻将。

为什么现在过年没意思？为什么各种吃的喝的堆满了厨房储藏间，但他们不觉得香甜，反倒觉得累赘？送人都送不出去，因为送之前就预想到那些人也不稀罕。他们连带同情起眼前的孩子来：什么都不缺，幸福感却疲沓沓的。比如你给现在的孩子发压岁钱，发一百或者发一千，甚至一万，他们都懒得激动一下。

说到钱，父亲像是想起一件多有趣的事情似的，说他就为两分钱为难过他的母亲。

两分钱？不会吧？孙子和孙女终于把眼睛从 iPad 上移开，直了一下腰。在晚辈鼓励性的注视中，她的父亲讲了这个久远的故事——

“如果有两分钱，我就能参加小学毕业典礼。但我没法向娘开口，我没开口，就知道结果。我前一天为 20 斤粮食为难过母亲一次了，我要交给学校两个月的口粮是 57 斤，毕业了，就不能再拖欠。娘把柜子底用刷子扫过一遍，也只得到 37 斤粮，如何去补 20 斤的缺？最后还是管伙食的班长从她家里带了给补上的。”

“她喜欢你。一直喜欢你。”坐在沙发上的她的母亲补充了这一句。

“噢——”两个孩子哄笑。这隔代人的朦胧故事在他们眼里很绿色。

父亲笑一笑，接着讲他的故事："我还是开口了，向娘要两分钱。娘把包珍贵东西的布帕打开，翻来翻去，就是找不出二分钱。她叹息一声，走到屋子外面抹眼泪去了。

"既然休学是注定的，不参加毕业典礼也只不过是提前半天结束读书时代。算了。可我们班长拉拉拽拽，硬是把我带进了毕业典礼。我坐在她的身后。毕业典礼的'主角'，是围成一圈的桌子上的6只盘子，盘子里花花绿绿的水果糖。

"一颗糖塞进我的手中。我的手指捏着那颗糖，手指立即体会到了糖的甜味。把糖放在鼻子前，鼻子立即逮住了那股甜味。我没有给嘴巴亲近糖的机会，糖藏进了我的口袋。我要把糖给娘。我坐在毕业典礼上，糖就该给娘享受。

"第二颗糖固执地擎在我嘴边……"

"还是那个一直喜欢你的女班长吧。"母亲适时插人的话又逗笑了两个孩子。

“糖这次被聪明地剥了糖纸，我的嘴唇一下子就尝到了糖的甜滋味。

“我慢慢吞咽，摸了摸口袋里的那颗糖，想着早点把它送给娘。典礼结束，我的小学时代结束，我的整个学生时代也将结束。我唯一能拿到娘眼前的，是我口袋里的一颗水果糖。

“我回家，要蹚过一条水流湍急的河。前两天的暴雨使河水涨起来，我的裤子被齐腰打湿。正是暑期，上岸后我的裤子就会被太阳烤干，被风吹干，被自己的身体暖干。真不算什么，我一点也不担心。

“一到家门口我就喊娘——这可是我平生第一次送礼物给娘。我的手伸向娘缝制的深口袋，我的裤子口袋。但是，我娘，还有那些跟着我的大声喊叫来到跟前的人，只看见我从裤子口袋里掏出一张淡绿的糖纸。他们失望地走开了。我哭了。我娘站在那里不知所措。

我不明白糖去了哪里，我不知咋说清糖的去向。

"'他自己把糖吃了。剩下一张糖纸哄人。'不是！但我只能在心里无声抗议。

"晚饭的饭桌撑起在椰树下。等大家围坐在一盆稀寡的面汤前，我娘郑重向大家宣布：六生的那颗糖她尝到了，'我舔过六生的裤子口袋，口袋是甜的，有糖的味道'。我娘说，'我知道六生的糖去了哪里，馋嘴的水神把六生给娘的糖吃了。让水神甜去'。我娘笑眯眯地说。"

父亲的故事讲完了。两个孩子竟然不约而同地伸手去够桌子上的一个糖盒，盒子里盛满了瑞士糖。两个孩子笑嘻嘻地说，他们第一次知道爷爷的小名：六生。多土啊！

《小小说选刊》2013·11期

猎 人

我终于启动穿越鳌山登太白山的决心。但两天前，我却在途中崴了脚，像一辆瘪了胎的车，不得已滞留在猎人的木屋。驴友们把我托付给猎人时，说他们两天后会从大爷海返回，再接我下山，让我安心休养。我的脚踝肿得厉害，可猎人宽慰我说，等同伴回转来，我跑得会像山上的麋鹿一样快。

他采来草药，捣碎敷在我肿痛的脚腕上。他没说大话，当天下午，燃烧在我脚背上的火苗就跑掉大半。

猎人说，睡一晚，明早醒来，如果我愿意，我就能跟着他去打猎了。

打猎？能猎到什么？

猎人咧嘴笑：你想要打到野鸡，山兔，羊鹿，还是狼？他的语气像是说，整个群山都是他的花园，你想要剪一支玫瑰，月季，还是菊花，全凭你的心思啦。但我偏说，我早知道禁猎了，你能住在这山里，也是披着个猎人的名头，没准你是偷偷摸摸住在山里的，恐怕猎枪早被收了。我意外地看见猎人一改刚才的天真和得意，脸上现出那么羞涩的表情来，低头嘟哝：你说对了。野物少了，枪没了，我这个猎人也没了。我一时有揭了别人短处的不安，就宽慰猎人说，若是你还能套住一只野兔，我就很知足了。我们可以煨一锅汤，这两天一直没能好好吃东西。

但猎人在这天早上唯一做的事，就是用埋在火塘里的火种点燃一些劈碎的木柴，使火焰升起来，再在火上烧开水罐里的水，泡一壶浓浓的茶。猎人倒一碗茶给我，又递过一大块锅盔，把一碟咸盐和两根打蔫的青椒放在我俩之间。他在我的对面坐下，吃喝他那份和我一模一样的早餐。他坐在我对面，像我的镜子。我看他掰一小块锅盔探进茶碗里泡一泡，递进嘴巴，抿住嘴唇，吞下那块泡软了的饼。这样的动作反复几次后，就用手指撮过辣椒，咬开一小口，蘸点咸盐在开口处，放进嘴里再咬一小口。看着他手里那块锅盔小下去，再小下去。我确信这就是我能得到的早餐了。我喝掉茶，再倒一碗茶，然后学猎人的样子，吃我的早餐。

如果是在早先，我不止给你野兔汤，我该给你更好的吃食。他的语气不是歉意，是平淡。

好点的吃食是什么呢？我本想问，又忍住了。好像那些朦胧的理由我也知晓。但山野寂静，我又从来没像现在这样清闲、无所事事过，就努力在我和这个寡言的猎人之间找话。我说：这锅盔我猜是你老婆烙的。猎人再次笑：这个我也会做，今早吃的倒是我老婆子烙的。猎人把烟锅在地上敲打两下，装进去碎烟叶，点上。又说，老婆子在山下开饭馆，这个饼在店里卖得火。

猎人老婆开的小饭馆是政府用于搬迁的创业项目扶持。

要不我死活不下山的。猎人说。老婆子倒是喜欢山下，说人多，不用整天哑巴似的不说几句话；女儿前不久被温泉酒店招了工，老婆子的店，倒要雇一个工。这娘俩，担柴卖了买柴烧。

你呢，你一个人跑来这山上？我总想打探。我看见猎人再次露出难为情的样子：我待在山下会身子疼、脑壳疼、骨头疼。帮不了老太婆的忙，还让她替我操心，惹她烦，就放我回山里住几天。住几天我再下去，撑不住的时候再上来。我这是吃喝等死呢。猎人又笑。

我环顾简陋至极的木屋，沉吟说，如果能找一份适合你的工，你做不？在山下，一家三口能住在一起，你愿意不愿意？

猎人吃惊地看着我，张大嘴巴，你是说我能在山下打猎？山下除了人，鸡都见不到几只，还能打猎？

看来这哥们儿一心只在打猎上。我想起山下围栏开狩猎场的朋友，招徕城里人玩狩猎游戏，如果让这个真正的猎人在那里教习游客狩猎，打打那些家养的兔子、山鸡，不是让那些城里人玩的把戏更有真实感，顺便还把猎人给安置了？我为自己临时冒出来的灵机感到得意，于是我肯定地回答猎人，我能帮他找到打猎的营生。猎人笑，眼里完全是听笑话的表情。

吃过了饭，在我给他递到第三支烟的时候，他努嘴说要去“那边”割柴火。一条水流清澈的小河边，那堆成一堆堆的柴薪大概是我没到来前猎人的作为，是不是晒干了储备给他的冬天？也许是吧。猎人见我看那片灌木与藤草，指一下远处的那片松树林，说，树林去的人少，明年的菌子会长得大些密些。

我躺在一捆干草上晒太阳，在叮咚水声中朦胧睡去。醒来。又睡去。这天晚饭时分，我打开我的背包，倒出里面的瓶瓶罐罐，一一开启，在地上摆了一大片，我说我请客，晚饭不用做了。猎人也不谦让，从床下摸出一瓶酒，找来两只碗倒上，我们就坐下吃喝。只是吃喝。我再次体会到面对一个语言金贵的人，安静的可贵。我发现直到现在，猎人也没问过我的职业，我的家庭，我从哪里来这样的话。即便我说要帮他找到狩猎的差事，他也想不到对我做言语上的考察。我忽然领悟了这个猎人身上珍稀的沉静，这使他走出我心存假象的卑微。使他的样子在我心里明亮起来，可敬起来。

我在早上鸟雀的吵闹声中醒来，耳畔碎银般明亮的鸟鸣声更璀璨了，阳光透过猎人没有窗帘的窗子射在我眼睛上，晃得我睁不开眼，真是一个奇异的陌生的早上。我转动脚腕，不疼了，像是好了。

我想起昨晚的酒，肯定醉得彻底，因为我从未有过如此深沉的睡眠，这会儿脑子像是用清水洗过似的清亮。

你终于醒了。猎人站在门边看着我说，我都等你一个时辰了。你再不醒，菌子可要候老了。猎人看我在门前的河水里洗了手脸，做手势要我跟他走，说他有好东西招待我了。

我跟猎人走到一棵桦树后面，我先看见一棵巨大的菌子顶着露珠站在那里。围着那棵大菌子，一片大小相仿的小菌子侍从似的向四周铺开去。如下是我经历的，在我看来犹如仪式的，猎人给我的早餐。

猎人找来一堆干透的劈柴，再找来几片更细小的柴火，在离菌子三米的地方点燃那堆细柴火，引燃粗的劈柴，而后等待柴火燃起来，直到火焰消失，慢慢燃尽，只剩下一堆红火炭。猎人走到那片菌子边，蹲下，从腰间抽出小刀片，先把那棵最大的菌子齐根割下，托在刀片上，捧到那堆红炭上，一棵又一棵的菌子就这样被捧到火炭上，猎人顺势用刀尖刨开菌子，随着“吱吱”叫声响起，一股清冽的香气升腾起来，向四周弥散，“吱吱”的叫声慢慢变小，菌子慢慢瘦小下去。猎人从怀里掏出一个纸包，倒出纸包里的盐和辣椒面，撒在菌子上。直到“吱吱”声最后消失，火炭从红变成灰黑。

随后我们吃掉火炭上全部的菌子。我们踢起潮润的土，掩埋了灰烬。站起来。

太阳从桦树后面升腾起来，气象万千，美不能言。

《北京文学》2014·9期

假若树能走开

说说我现在的工作，林场看林人。

在林场还叫林区的时候，我就在这边工作。那时我是伐木工人，后来禁伐了，我的伙计们陆续去山外另谋生路，我实在舍不得林区才会有的这股子好闻味道，隐约觉得，若是我离开林区，我会死于肺病。我设法留下，我用两条贵烟换来林场看林人这份差事。

我就像一条老狗，除了对故园的忠诚，几乎没有用处。打这比方的是我的场长上司，他说，林区要创收，要不你真就活成了一条可有可无的寂寞老狗。

场长比我年轻二十二岁，他不喜欢寂寞是很自然的。他需要更多的钱也是自然的。好在他的点子比林子里的蘑菇多。他说，我们要趁着市里开发旅游的好势头，让林子恢复禁伐前的热闹。靠山吃山，我们终归要在山字上动脑子。

春天，这一带绵延百里的杜鹃花吸引很多城里人来看，一时间蜿蜒的山道挤满了不辞路远前来赏花的城里人。安静了小半年的农家乐也一时火爆起来。王场长眨动眼睛，想出了一个他认为绝好的创意。他找来林区仅存的一个画匠，帮他把创意实现在一张广告牌上。广告牌上画的是一棵枝繁叶茂的巨树，巨树藤萝缠绕，仿佛天宫里的场景。但我知道这棵树在现实中有原型，它的直接灵感来自山林中那棵据说已经一千九百八十八岁的红豆杉。一群白颊噪鹛、灰喜鹊、黄臀鹎在红豆杉的枝杈间闹腾，真是生动极了，美好极了。看见的人都夸赞说，这真是个有想法的广告牌。

我们在那个春天随之推出了一个旅游项目，项目的名称就叫：来吧，来认养一棵永不背弃你的树！王场长说，我们的项目就是要吸引那些有闲钱、有闲情、有闲时间的城里人来给我们送点钱花。当然，那棵被认养的树在名义上从此属于认养人，树的归属还归林场，归国家，认领树的人绝对不能砍伐。这不违背我们护林的职责。

在森林里认养树？亏他想得出来，树又不是孤儿，无需谁来领养。但奇怪的是这个项目一推出，还真吸引人来。来领养树的，有恋爱中的年轻人，有鳏寡老人，有中年夫妇。这让我想到电视里那个年轻主持人爱说的一句话：世界真奇妙。

第一对来认养树的老夫妇使我印象深刻。他们说要认养一棵三十八岁的树，还要那种长相英俊挺拔的树种。判断树的年龄，对我就像喝一杯包谷烧般容易，我立即给他们挑了棵三十八岁的梓树。那对夫妇听说梓树这名字两眼发光，他们说，好啊，梓树，太吉祥了，就梓树。他们还说，原来在古人的诗句里读到梓树，还以为是传说呢。

为啥要三十八岁的树？老夫妇解释，他们有一个儿子，今年恰好三十八岁，但是他们的儿子去了加拿大，年前刚刚拿了一张什么卡，往后是不会回来住了。现在，他们要在林子里认养一棵不离开的树，任何时候，只要他们来，树总在老地方等他们。他们愿意给更多认养树的钱，只要求我们不要使那棵梓树的边上再长别的杂木。这要求被我断然拒绝，我说，你不能说这棵树是你们的儿子，就不准别的树继续生长，哪怕长在梓树边上的树是你们所说的杂木。在上帝眼里，没有杂木这名字。老夫妇还算讲理，妥协一步，我也妥协一步，我为他们在那棵梓树的旁边，立一块牌子，牌上写：李国衡的领地。李国衡是他们儿子的名字。

杜鹃花快要开的时节，山道上开来了一辆红色跑车。跑车风一般刮来，停在林场大门边，从车上下来一个打扮得像皇后的年轻女人。能接待这样的女人我深感愉快。

年轻女人一开口，我的快乐心情立即像炽热的火盆遭到冰块覆盖。我鼓起勇气问她，您想要完成哪样业务？同时把我们的项目单递给她。她摘下眼镜，傲慢地反问我，你们都有哪些业务能吸引我？我再次请她看我们的项目单，以及一系列认养条款对应的收费价目。她砰一声把那张纸拍到我面前的桌面上，吓我一跳，我摸摸我的脸，还好，冰冰凉的。我猜，这个很美的女人准是给她的男人甩了，要不哪来这满脸的冷气？我第一次知道，如此美丽、看上去就富有的女人，也可能是不快乐的。不幸得很。

我能帮您什么，女士？我尽量和颜悦色地和她说话。我们王场长说，要把每一个顾客，不管是男人还是女人，都当成自己更年期的女人，该硬的地方得硬，该软的时候要软。我再次说，我很乐意为您效劳。

她说，你们的广告牌子是真的么？我看是假的！假的！你们就是糊弄人。我可以告你们。我吓出一身汗，辩解说，广告牌子上的树肯定是真的，我知道它长在哪里。

我要认领牌子上那棵树。女人说。

那棵树长在林子深处，根本没路通往那里，像您穿戴得这么讲究，是很难走到那里去的，光那些荆棘就够您受的。我为难地说。

何况这林子里好看的树多了，您可以选一棵自己够得着的树，这更实际，更有意思吧？我的语气很真诚。

女人想了想，决定让我帮她挑出这片树林中最高最粗的那棵树，属于她的树总归是要与众不同的。我说好，这能做到，您这么不一般的女士，拥有棵与众不同的树，是应该的。

女人冰冻三尺的脸总算进入了春天。

女人后来挑了一棵高大的领春木。她说她的名字中有个“春”字，而她男人的名字中恰好有个“领”字。领与春，再也不能分开！能分开么？

分不开，我肯定地说。尽管心里很不确定，但能使顾客满意是我的责任。一段业务做下来，我发现我再也不是从前的那个人了，我有点得意，又有点惆怅。

尽管树的名字里包含着“领”与“春”，但女人仍坚持要把一句话刻在树身上。我反对无效。她说人都能文身，树就不能刻字了？这让我心疼，是原来伐木时都没有过的心疼，真不知道我这是怎么了。

“今生，领永远都不离开春”这行字现在镌刻在那棵领春木身上，像一道符。

树被文了身，白花花亮出芬芳的肉。看得我心惊。

一年后，这种“白花花”在林子里直晃我的眼。

我下决心离开林区，哪怕被那越来越强烈的死于肺病的忧虑终日笼罩。

因为我确信，不离开，我会心绞痛死的。

尽管不知道能去哪里，我还是打好了铺盖卷。我现在就站在林区中间这条唯一通往外界的曲折小径上。

《小小说选刊》2012·7期

去原始森林的那个下午

如果你有足够时间专注一个人，一件事，你在一个点上的收获准比四处漫游却目光涣散所看见得多。不信你照我说的试试。

六天了，我都在看学校的花工，我当然知道他的名字，老来，我确信这两个字的写法也不会错。

一个学生，不把眼睛收在书上，却去盯一个老头子，是何缘故——我慢慢向你道来。

有些人上大学是有目的和方向的，另有一些人，是寄放，寄放年轻的，身居其中却并不觉得珍贵的青春。我属后者。我上大学是急于离开父母，离开家，却又无处可去。“上大学”使“离家”变得如此的名正言顺。现在我就过着这名正言顺的生活。

报到第一天，我在一堆葱茏的植被后面遇见挖土不止的老来——真像只执着的土拨鼠。我在他身后长达半刻钟观察他，恰像观察一只土拨鼠，但他不比土拨鼠敏感，他未发现我的存在，就那么一心一意挖他的土。我将要转身离去时，他却喊我，小伙子，停停。

仅此一招，就让我和老来心意相照，成为熟人。有人生了你，养育你，但你离他远，比如我的父母；有些人，此前和你天涯海角，却能在一瞬和你义气想通——世界啊。

老来说，你的眼睛里有个海子。被一个老爷们如此夸赞，就像在十字路口被一个美女堵在面前，说她爱上你一样，使我面带尴尬——算了，这已是半年前的旧话。

我的专业是土木工程。你若问我这半年读进心里的书，我能想起的是《花鉴》。《花鉴》是老来荐给我读的，他把书郑重递给我，说，不会费你太多时间，好好看看吧。那个下午老来问我可否学习园林专业，过问我的大学生活。我说我是大一新生，新生活刚刚开始，我还说西安思源学院若有园艺专业，我会因为老来弃工程转学园艺。之后我知道老来有个和我一样专业的儿子，去了日本神户。

那个下午，我和老来从眼前的树木谈到遥远神户的园艺，老来言之凿凿，说日本园艺受中国影响，但改得有点小家子气，很单薄。尽管无从对比，无处佐证老来的说法，我却一下子刮目相看起老来来，刮目相看我将要生活四年的大学，刮目相看这个阳光在树叶上跳舞的非同一般的午后，这个蝉鸣聒噪，涌动着热烘烘植物香气的园林。我甚至第一次想“生活”这两个字。

我当夜看老来给我的书，一本图文书，书中详细介绍了一千种花的形状、习性、科属、地域分布。书给我印象最深的不是那些花，而是书的图文间，用细如蚊腿的笔迹描画的几何体图案。

老来和我约定，一周后还给他书。他问我看见什么了，我说，看见一个装在瓶子里的灵魂，在如蚊子般地嗡嗡挣扎，我看见老来脸上瞬间的失魂落魄。

我发现生活从此向我打开了某扇窗子，使我内心敞亮，有了和这个世界沟通的能力似的。

我发现老来是寂寞的，老来六十五岁，此前的二十四年里，老来生命中最近的人是他唯一的儿子，老来说儿子自小是何等的优秀，我听老来絮叨儿子，看清他嘴上的甜蜜，以及眼中难以掩饰的孤帆一片天尽头的寂寞。

我发现，我在将至的假期想到故乡的山水，想到父母，想到可否趁着假期回去看看他们，尽管身没动，心却摇曳得厉害。

我发现母亲电话里的声音有了从未有过的水色与软意。我耐心倾听母亲的态度她肯定感受到了，似乎大为惊诧，又被深深感动，话说得越发啰嗦，言不及义，但我领受到了她的好意，明白了她没说出的那部分。

我发现我在老来这里练习爱。而我，之于老来，是寄托？还是对一个和儿子笑容相似，气味仿佛的大男孩的喜欢？

从西安思源学院出发，穿过白鹿原，南行十八公里，就是秦岭子午峪。秋天的下午，老来开着他的那辆皮卡车，载着我，沿着这条线路进山，老来说要带我去看原始森林，使我惊讶。就我有限的知识，我知道要找到原始森林，估计只能去秦岭腹地，浅山怎能够？老来沉默的样子不容置疑。秋天进山，无疑令人愉悦，老来和山里的每一棵树，每一株草都熟，他站在林下的样子是那么地妥帖舒服，他了解树胜过了解他自己，他能报出树的名字、年轮，这些给我的不是惊奇，是欢悦。

你留心到了什么？这个问题在从车上下来，踏进森林的第一步老来就问过我一次。很多树，浆果、昆虫振翅——我东看西望，回答老来。

你看低处，看来我的回答并不使老来满意。

落叶、草、地衣、树印在地上的一堆堆影子。

再往下看。老来提醒。

你要我掘地三尺吗？我大笑。

腐殖质。厚的腐殖质。老来忍不住点明。你看，每一片原始森林下都有厚厚的腐殖质，里面滋生虫子、生细菌、有病毒、有穴居动物的洞穴，土之上，长香花，也长毒草，长高茂森林，也长低藤爬蔓。可你为什么要美化生活，纯化生活呢？我不怪你，你那么年轻，我只怪我为什么没能早点发现，我为什么没能帮你。我一直在后悔，我为什么没有及早发现你的脆弱，发现你的困顿，发现你是需要我参与你的生活的。

就算你是傻子你也能看出，老来看着我，心神却在万里外，此刻，我就是某人的替身，我代替另一个人，出现在老来身边。我不敢打扰他，我抱歉我不是那个被他日夜思念却永难开口的少年。

老来大声吸着鼻子，蹲下身，抚摸脚下的土地。把头埋进我的体恤衫，哽咽：儿子！二十分钟前，我走路热，那件体恤就一直搭在老来臂弯里。

现在他苍苍的脑袋俯在我的体恤里，吸嗅，寻觅，想要逮住什么。我忽然明白并确信，那里有老来渴望却永远失散了的，近似儿子的味道。

我不敢发声，生怕把老来从短暂的迷醉中惊醒。

我眼睁睁看着一枚硕大的松果，从茂密树冠落下，擦着老来的肩，落进老来身后的草地，又被草皮弹起，像一个无限美丽却又惆怅无比的慢镜头。

拉长，定格。叫我长久发呆。

《小小说选刊》2014·21期

飞

我走在大街上，一边享受我的早餐，一个吃快了会烫出眼泪的香脆肉夹馍。一声“抓贼啊”的凄厉叫喊，打翻我嘴边的幸福，我猛然一抖，像战马听见出征的号角，一个激灵，冲了出去，手中的肉夹馍像一个豁了一角的铁饼，先我飞出。

目睹了那场追击的围观者事后追忆拼凑起那个早上的情景。他们情绪激动，乱嚷嚷地说：“太好看啦！

奥运会上的赛跑都没这个激动人心。”

“实在精彩，还以为拍电影呢！”

手机拍摄的视频贴上众多网站：我如龙卷风腾空而起；我在高高的围墙上蹦跳；我在一溜青瓦片上点着脚尖快跑……一连串的惊险动作完成在前后不过3米的距离，狂奔的贼和我身处同一画面，我的追击充满游戏的味道，像猫把老鼠一次次捉住又放开，再捉住再放开。眼看贼跑到了一条宽马路上，但见我，撒腿飞奔，这次是真追。我掠过一辆汽车，又一辆汽车，惊起一连串有惊无险的急刹车，“嘎嘎”的汽车拔尖声中，我落地又跃起，终于，在一个平淡无奇的地下通道的入口，我从那个瘪三似的贼手中，救出一个也不怎么好看的女人，不，女人的钱包。

我就这样一夜出了名。一个胡子拉碴，自称副导的人顺藤摸瓜，找上门来。来人敲开我出租屋的门，不请自进，左顾右盼，一点不外道，害得只穿短裤的我像一只猴子在人面前。那家伙上下打量我，前面后面观察我，在我的屁股上猛击一掌，说：“好臀！哪里是人的，是一只马的，难怪飞得那么快。”末了他说，“哥儿们，你的肉夹馍来了。”

大胡子副导开门见山地说，我可不是来报道好人好事的，我们导演想请你去拍几个镜头试试镜。

一锤定音。我跟他走。

我8岁那年，我家门前来了个算卦的瞎子，在给过瞎子5角钱后，我娘想使这5角钱有点获得，于是娘把放学回家的我喊住，让那个瞎子的枯手指把我全身摸捏一遍，瞎子得出结论，这个孩子骨头轻，吃不得重饭。瞎子的话弄得我娘忽喜忽忧，终究不得要领。

我在学校里混过18岁，不得不放弃高深如狗眼中的星空一样的学业，跟一个老乡到城里打工讨生活。我娘说她总算明白了瞎子的话，她一边说人各有命，瞎子算命，一边又不断托她能见到的同乡捎话来："告诉我那小子，做点上脸的事情了就回来看看老娘。"

我每天醒来的意识总是从指尖开始，像阳光把一只梦中白鸟的翅膀一寸寸照亮。先手指、脚趾，再慢慢波及到肘关节、膝关节，最后是心脏以及大脑。直到那只白鸟站起来，慢慢扇动翅膀，滑翔、鼓翼、翱翔。天空中有了一只完美的

鸟的剪影。

现在，幻梦照耀现实，我把昨天的生活放下，把沉重的麻包放下。我终于能直起腰，撒开腿轻松奔跑，这多美好。我跟在肉身沉甸甸的导演身后，心里的幸福感实实在在。

我在一声"预备——开始!"的喊叫声中冲了出去。这一次，我完全体会到了飞翔的美妙，原来所有关于鸟的幻梦也是现实，我真的能飞。我飞起来了，从地面到树上，再从树上跃过墙头，越过眼前这简易的工

棚，我还临时激情发挥，展开手臂，溜过棚子上的薄瓦片，如踩在云朵上一样演绎出一连串曼妙的轻功动作。

有一刹那，我想起我的麻包，想起是因为知道我已彻底放下它们。我听得见心脏持续地“怦怦”“怦怦”的跳动声，如使人热血沸腾的鼓点伴奏，我被鼓舞得热血沸腾。我趁着激情，穿墙而过，穿玻璃而过，甚至不可阻挡地穿过那个在码头上揍我、踢得我在地上打滚的人的身体。

飞呀飞呀，我飞过树梢、飞过屋顶、飞出了高楼的重重包围，汽车如蚂蚁、楼房像积木，千千万万大地上行走的芸芸众生，更是渺小如同尘埃……

一直飞，不停止，蓝天的背景变成了一片赤白，我感到了太阳的热力，那只白鸟忽然出现在眼前，我和白鸟合二为一。渐渐地，白鸟变成金黄色，又从金黄变成赤红，最后完全是一只火鸟了。

一只赤红的鸟不断飞升，勇往向前，一直向前。

砰，砰，什么声音？谁在放枪？干吗放枪？

呼，呼，飞，飞……

《文艺报》2013 年 8 月 21 日

伊人寂寞

是那场突然降临的死亡出卖了她。

灾难降临之前，她是个不久就要当妈妈的女人。那时她的妊娠反应已经过去，对食物的热爱又回到她心里，睡眠也回到她的眼睛里，她的精神很好，看上去健康而强健，有旺盛的精力。生活很好，即使她的肚子高高地隆起来了，腰身的粗壮使她原来的衣服不再适合她，但是春天的到来却是她很容易打扮自己，她穿着宽松舒适的孕妇裙，看上去是那样闲适自在。

是一个周末，她要去郊外镇上看望一位女友。女友在电话里不止一次跟她描述小镇油菜花开的样子，麦苗儿青青菜花儿黄，那情景她是熟悉的，只是好多年没看见了。现在，怀孕使她从容起来，那就去看看吧。

她拒绝了丈夫的陪同，她说，离产期还早呢，没那么金贵，一个人去得了。她心疼上夜班的丈夫，就靠白天的睡眠补精神，她不想叫他缺觉。

丈夫送他出门，随手理了理她耳边的头发，使她的头发更整齐。

他陪她走到巷子口，那里有一路公共汽车，可以载她去女友所在的小镇。他看着她上了公共汽车，他们相互挥手道别后，他就回家了。他睡觉。他的头一挨枕头就睡着了，一个完整的晚班的确使他疲累。他的睡眠一片黑暗，那里很少有梦。

他不知道正有什么在他的睡中发生。那辆公交车，载着他妻子和将要出生孩子的公交车被一辆迎面的车子撞到了路基下。他的妻子和他未来的孩子就在那一瞬间永远地弃他而去了。

他在医院里看见他们，准确点说，是看见他的妻子，他妻子的身体。

跟他谈判的是医生。医生说，她死了，在撞车的一瞬就死了，她撞坏了大脑，她没有痛苦。医生替他揭开那块白布，他看见她的脸，她的身子，她的身子和脸都是完好的，区别是它们现在看上去僵僵的，没了血色。他仔细地看她，他看见她的眼睛睁得大大的，那里没有恐惧，只有吃惊，像是看见什么叫她不明白的事情在眼前发生，从前他惹她生气时她多半就是那表情，吃惊无辜地看着他，看得他心软，把所有的过错自觉承担在身上，不管事情的起因怪不怪自己，他都甘心。现在，那样的目光再次出现在他眼前，他立即就有了承担什么的义务了，可这一次，他能承担什么呢?

我们医院想买你妻子的身体，当然，这得您肯成全。医生在说话，在对他说。

等他终于听明白医生的话，他的直觉反应就是把自己善于操持钢铁的拳头砸在医生脸上。但他控制了自己，他虽然活得粗糙，但这并不意味他缺少教养。

我们很想把您妻子的身体留在这里，您不知道，这对医学研究，有多高的价值。医生更加小心地寻找字词，生怕伤害了那做丈夫的情感。

谈判是艰难的。一个是刚刚痛失亲人的丈夫，一方是对科学秉承严谨态度的医生。

总之这桩谈判最后定下来了。那丈夫终因那笔他不再有力气拒绝的金钱放弃了他的坚持；而医生，一个视人体研究如同性命的人得到了那具人体：一个怀孕六个月的年轻女人的健康完整的身体。

据说，那个女人的身体用了世界上最尖端的技术，被栩栩如生地保存下来。

我是在一个名为“人体奥秘”的展览里见到她的。

于我，那只是那几天众多参观中的一次参观，是一个不明就里就走进去了的一次观看。讲解的先生一再说，一定进去看看，这里有中国仅此一家的珍藏。讲解先生说的“仅此一家的珍藏”指的就是那个怀孕六个月女人的身体，她在这里有一个名字“惊鸿”。那是一个很诗意的名字，但在这里我看不见诗意，也因此怀疑，那不是她的本名。

讲解先生说了她的来历，她现在的身价，那是一个惊人的数字。只因为，她的遭遇的偶然性导致了它科学研究价值的珍贵和奇缺。

时光过去了二十年（这也是讲解先生告诉的），她依旧保持着二十年前那一瞬发生时的表情，让她“永恒”的技术的确高超，她站在那里的样子大方周正，大睁的吃惊的眼睛叫她的表情看上去无辜而年轻。她的双乳饱满坚挺，鼓荡着生命力，她四肢和腹部的肌肉纹理结实有韵致，她孕育和护佑她婴孩的那个地方现在像一面永远敞开的窗，向遇见她的每一双眼睛打开她身体里的秘密：她是一个怀孕六个月的女人，你看她的宝宝多健康，仿佛随时都会在她的子宫里伸个懒腰踢一下腿似的。

我回到博物馆外，九月海滨的阳光明亮清润，空气里有青草的浓香气。我使劲摇头，想摇落那女人看在我记忆里的目光。可是摇不掉。

我再回头，看见明亮的阳光使博物馆待在黑影里。

那里，藏着科学的凉意。

《芒种》2006·1期

绣球花

晨曦微露时，绣球花是淡绿色；太阳一出，就变奶白色了；有月光的夜里，绣球花又是鹅黄色。

这是柰子的观察。住在金农山庄这三年，每年的四到六月，绣球花都会一粒粒绽开，细密的花朵一天天盈满，终于结成一个个绣球模样，团团抱紧柔韧的枝条，又如一盏盏饱满的灯盏，越过竹篱笆，重沉沉垂向江心，眼看要触及到江水，却停住了，像是故意逗耍看花人。

柰子每天停留在绣球花边的时间足够她观察花儿。洗菜池在绣球花树下，柰子看花择菜洗菜，两不耽搁。

绣球花泛着淡绿的时候小柯还睡在床上。通常是柰子做好了早饭他才起床。

五年前，柰子在思源学院烹饪班学习的时候认识了小柯，俩人一边学习烹饪一边学习恋爱，学习结束后的某天小柯带柰子回了趟汉江边的老家漩涡镇。

柰子和漩涡镇一见钟情，在柰子看来，漩涡镇像一幅能在四季里变换，在晨昏里变换，在风雨霜晴的日子里变换的画儿。变换就是生长，这让柰子喜欢。她嫁给小柯，成了漩涡镇的居民。

小柯父母喜欢这个城里来的姑娘，她似乎比本地姑娘更适应镇上的生活。漩涡镇的食物、风光、空气当然都是好的。不久小柯争取到了县上的扶持项目，在近公路又临江的一片坪上经营起这个农家乐，烹饪班学来的手艺学以致用，小柯说他们是闪闪发光的农民，于是农家乐就叫金农山庄。

经营上夫妻两个有基本的分工。柰子负责食材采集以及清洗打理，这些工作在早上完成。炒蒸炸煮小柯上手。

清鲜、朴素、本真，夫妻两个定下了经营原则。食材多取本地产，顺应季节，天赐什么人吃什么，这样在原材料的第一道关口就保证了新鲜。烹炒过程的香料也是就地取材。藿香、茴香、葱、蒜、花椒、丁香、肉桂、当归、百合、山药，一律本地出产，够了。

小柯在烹饪的时候喜欢随灵感混搭，那些随灵感降临创造的美食使来小店的食客赞不绝口，小柯每每听着，不知何故总想起那句圣人的感叹：治大国若烹小鲜——尽管他根本没打算弄清这话的本意。

某天他把案板上剩余的几样东西自由搭配的时候想，好厨师是要因循和有随机发挥的才能的，尤其一个做乡村农家吃食的厨师。于是那张写满一页纸的正反两面的菜单上多了一道“小柯炒”。这道菜你八回吃，回回味道不同，吃过了，满意了，下次来时，还会再点。

因为菜品都是当地应季出产的主打，不足的才会借用外来食材补充。春天是笋子、花朵、菜薹、野菜的季节。清炒笋、油焖笋、笋片鱼汤。野菜是荠菜、雪蒿、马齿苋、香椿、野蒜、春菜、灰条菜、芍芍菜、叶上花，多得吃不过来，那就趁阳光好晒点，笋子、香椿、叶上花、灰菇是一定要晒一些的。花朵有玉兰、槐花、胡桃穗，也只是赶季节尝新应景，不当一回事情。做着吃着，夏天就来了。

夏天来漩涡镇旅游的人多，停留在金农农家院的人也自然多起来。别的季节也许只做一桌两桌，在夏天一定超过了三桌四桌。好在不会再多了，再多可能做不出来了，但从来也没多到他们应付不过来的局面。

来农庄吃饭的人在国庆小长假后又慢慢回落到一

年中最低的状态，但于小柯他们也是合适的。一两天做一桌，一周做一桌也是合适的。人少，正好可以缓缓神，缓缓目光。

用春天晒的干笋炖火腿，干锅灰菇里加洋葱丝，好吃。冬天也有新鲜的汉江酸味鱼，酸萝卜红艳艳清冽冽的，牛肝菌爆牛肉，萝卜干炒腊肉，焗老南瓜，洋芋粑粑……木耳香菇更是伴随一年的食材，冬天的食谱也像日子一样，内敛着热火。土地山林得来，由不得人要感恩天地。

农庄的后门外是一条公路，公路通往凤堰梯田，梯田开发于明清时代，梯田近年申遗，于是漩涡镇嵌进陕南这条长长的旅游链条里，油菜花节、茶叶节、樱桃节、兰花节、槐花节，在季节里轮转，一个节一个结，打着一个个结，日子都显得短了。

那第一个拍下漩涡镇梯田美景的人带动更多人来这里拍摄，梯田、菜花、碧绿稻田，看见图片的人感慨，何必要去元阳，原来离家不远就有啊。

这就是小柯夫妇金农农庄生意不愁，日子是好日子的缘故。他们夫妻不必两地打工，分居生活。

日子顺，时间就快。转眼他们的女儿出生了。这一天，我们在看完漩涡镇的梯田之后，也顺路来到了小柯夫妇的金农农庄吃饭。我们赞叹小柯长得那么帅，有手艺；柰子人这么美，却也好脾气。这看似简单的存在却让我们感慨了又感慨，柰子每端上一道菜我们就感慨赞美一番，赞美食物，赞美人。直到客人主人都觉得不好意思起来。

但我们还是慷慨奉献着也许他们不需要的赞美。

吃饱了我们就站在篱笆边的绣球花树下看江，看江上渔船。比邻江畔的坪地养了一群鸡——一些公鸡，更多的是一些母鸡，鸡时时打架。空气那么好，我们笑言鸡们有惊无险的打斗只当是鸡在做有氧运动。母鸡下的蛋我们刚刚吃过，蛋黄微红，懂得的人说，区分是否是真正的土鸡蛋,这个颜色是参照。说话的人笑,公鸡活跃,母鸡蛋好吃。

我们告辞的时候,女主人用几瓶自家做的腐乳相送。刚才桌上吃锅巴饭的时候她送上一碟,说当地人最喜欢这样配锅巴饭吃,我们第一次这样吃,一吃就喜欢。自然又是赞美。

我们告别,看见主人的女儿用粉笔在粉墙上写字,写“人”“人”“人”……许多的“人”。

《文艺报》2015 年 11 月 20 日

柰 子

把一天的需用在早上收拾停当，柰子要到篱笆边站一会儿，看绣球花，看花树下的江水。瀛湖在下游十五公里处，瀛湖蓄水放水很有规律，瀛湖不开闸的日子汉江水涨起来，湮没到森林边的那条最低线，这个时候，柰子眼前的江面显得格外平阔，雾气迷蒙，水涨船高，好看。瀛湖开闸放水的时候，江水浅下去，这时候眼前的江心，露出两片沙洲，一个太阳般圆朗，一个似新月一弯。客人等待饭菜上桌，或吃饱了之后又不着急赶路，就会站在柰子此刻站立的位置，立即被自己的发现鼓舞，手舞足蹈，开心议论，纷纷拍照留念。这让柰子想起她第一次看到江心风景的情状。

柰子还发现，来的女客多会对她和小柯的生活充满好奇，说小柯脾气好，人又长得帅，有手艺，还安心待在家里，说现在这样的男人就是个宝贝；说柰子能干，有明星相，有福气，等等。停一会儿，继续追问，她和小柯，吵不吵架?

柰子就笑一笑。起初柰子的笑在脸上停留得长，在心里漫漶得开。柰子在那些停留与漫漶里想，她和小柯是真的还没吵过架，有啥要吵的呢?干吗吵架啊，那多费力气!再说日子也不允许他们吵架，有次眼看他们要吵起来，她忍住了，但不可思议的是，在她引而不发的那两天里，她发现绣球花的花色是一色的白，没了早上正午和夜晚的区别，像是染上了灰尘。多奇怪啊。客人少的时候柰子和小柯闲了，就看微信、发微信，有一次一个客人加了小柯的微信，却嫌小柯的微信太少山庄的内容，问能否把她在农庄吃的几道菜的做法写上去，这让柰子和小柯惊讶。有两道菜小柯荣获过市里举办的烹饪大赛一等奖，还有道菜获得了“丝绸之路美食大赛”一等奖，是一道蒸盆子。这道菜内容丰富得很，有本地出产的闻名远近的红心莲、猪脚、小排骨、水白萝卜……汤中暗隐十味不可见的名贵中药，汤皮子上浮着几枚金黄蛋饺。没获奖前小柯称这道菜为漩涡蒸盆子，获奖之后这道菜被市里美食协会命名为“丝路汇”。这道获奖的菜也是全菜入图,却没有做法。

那个加了小柯微信的女人回去后一直和小柯联系，女人说她在西安开着一家饭店，想请小柯去她的饭店做厨师长。

柰子问小柯，你去不去？小柯很奇怪柰子会这样问，小柯说，我去西安干什么？柰子想一想，笑了。

柰子的微信呢，除了当初山庄刚建成的时候她站在山庄前面指着江心拍的那张照片，还有一张是她坐在饭桌前，面前一碗一碟一筷和一大窝热气蒸腾的漩涡蒸盆子。柰子喜欢吃蒸盆子里的红藕，还有泛着金黄色的蛋饺，所以小柯每回做这道菜给自家吃时，总要多放几块红藕，几枚蛋饺。

一天结束，他们会在竹篱笆边坐下，在傍晚微凉的空气里，听江涛声不急不缓在耳边响，慢慢吃掉小柯随手搭配，临时发挥，随心意烹制的菜饭。

但是，这个女人发给小柯的微信给了柰子一个启发，她和小柯会一直在农家乐住着吗？他们的孩子会长大，要上学，之后呢？她想起自己很久都没有出过门了，即便生意不忙，她也是不能出门的，因为你不知道客人啥时候就会推开那道比邻公路的栅栏门，喊一声，老板在吗？

老板在吗？开店的人，老板如何能不在呀？于是她总是要在那一声喊发出的时候立即给予回应。就是一年中生意最冷淡的十一、十二和一月，柰子也要在店里，店就是家。

这个下午柰子回顾自己的微信，微信呈现的全是外面的世界，太平洋上的小岛，中国台湾、日本、韩国，丽江、黄山……柰子一个也没去过，却全心全意如亲临般地忠诚转发。柰子一边翻微信，一边问小柯，他们什么时候也去外面旅行一次，也体会吃别人做的饭菜的滋味。小柯说这有何难，容易得很。说过之后，他们却还是很久没出发，原因是想象不出把店门关上的时候要在门口竖一个什么样的告示牌合适。

但这一天，小柯和柰子还是出发了，他们租了辆汽车，把孩子托给父母，锁紧前面的门，把后边的栅栏门虚掩上，走了。

他们计划用三天时间往来张家界。汽车开出两个半小时，他们遇见一片美丽的林子，于是停下来休息。他们意外看见一片桃林，一片结满红桃的桃林，红桃看来一直没人采摘，所以掉落了一地，掉落一地多么可惜，他们看看树上，看看树下，把红裂了的桃子掰开尝一尝，说，酸甜适中，味道醇厚，是好山桃该有的味道。

柰子和小柯站在树下，尝一口桃子，发一声议论，最后一致觉得这么好的桃子掉在地上烂掉，实在可惜。他们希望此刻能有吃桃的动物赶来，但他们低头细看细查，除了几只黑蚁过来，闻一闻，又走开，像是刚刚吃饱没有食欲的样子。这让小柯柰子更觉遗憾，望着树上摇摇欲坠的红桃更加心急。

小柯和柰子后来把车上能找来盛装桃子的东西都找出来，装满摘下来的红艳的桃子，他们说要把桃子晒干，会是多么好的桃干，桃干可以当冬天的水果，也可以在冬天做果脯饭。

带着那么多新鲜的桃子，他们重新上路。等他们反应过来的时候，车子已经停在金农山庄的后门，那道他们几小时前刚刚离开的，虚掩着的栅栏门边。

他们吃了一惊，面面相觑，忍不住地哈哈大笑起来。

《2016中国微型小说年选》花城出版社2017年1月

雨 水

雨是夜里落的，早上，从工棚豁口般的门脸看出去，一片狭窄的绿映入阿斗的眼睛——麦子——阿斗熟悉那绿。要看见麦田，在这个城市要走出十几公里，眼下这片小小的麦苗根本构不成麦田，撒了麦粒的人也没打算在这里收获更多麦子，麦苗在这里充当廉价草皮遮掩赤裸的土地，赤裸就要受罚，因此圈了这片土地的人就想出这个办法。但此刻出现在阿斗眼前的麦苗还是提醒着阿斗。

这土地边上临时搭铺的一夜，临时的一片麦苗此刻正提醒着阿斗，他口袋里装着的那张他在网上预订的火车票三天后出发，第四天早上，这张车票就把他带到那个叫流水镇的镇子了。出现在他面前的将是妻女的脸，以及她们身后广大的麦田。

三年来他过着在樟木头镇和流水镇之间徘徊往来的日子。樟木头镇和流水镇虽然都是镇子，但两者的差距就是叫“狗剩的富二代”和“赤贫的老狗剩”之间的距离——这也是阿斗为何要在两个地方候鸟一样迁徙。在流水镇，他做梦都赚不到在樟木头赚到的钱。

昨晚因为送货工人的迟延，阿斗需要临时睡在工地，当他给阿桃打电话说他晚上不能去她那里的时候他甚至心中暗喜，今夜他渴望一个人住，哪怕住工棚。他心里有点乱，自从他在那个小超市的收银台边邂逅阿桃，这乱就住在他心里了，这几天这感觉格外强烈，使他心神不宁。趁着今夜独处，他得好好想想。

半年前的一个傍晚，阿斗在樟木头镇台湾人开的超市买东西，其实他只是买了包10块钱的烟，那是他在那家超市能找到的，勉强能接受价格又是自己需要的东西，他实在不好意思空手出来。那个守店的女孩一直看着他东摸摸西看看，空手出来，是有点丢人。他本是进去看稀奇的，但这“看”却让他付出了“十块钱的代价”；当他在超市出口遇见前面的女子因为没法刷卡却又没带现金结账的时候，他本来可以把那包烟悄悄放下轻松走出去的，但他鬼迷心窍，手上还拿着那包烟，并且又多付了二十八元钱——帮前面那个女子结了账单，因为他看见她只是买一包卫生巾，他想一个女子这会儿买不了卫生巾是多尴尬为难的事情啊。他一瞬间心生豪情，为女子慷慨埋单。他想算了，往后汲取教训，再不敢去“奢靡之地”体验了。

他走出超市大门后被女子喊住了，她说让他留下账号，她把钱打过去，他觉得这女子的话十分不可靠，二十八元钱，还从银行转账?他忽然想，管闲事是真不应该，没准管出一个女骗子。但那女子执意让他留下电话号码，她明天就还钱。阿斗得到那个女子的电话是一个月后，女子说，她的台湾老公来了，她不得不昼夜陪伴。

阿斗得到了那二十八元钱，也卷进了那女子的生活。

现在，阿斗当然知道那女子叫阿桃，他们来自同一省份，他们同岁，他们都喜欢吃口味浓郁的酸汤面，他们都喜欢看《非诚勿扰》，此前阿斗看《非诚勿扰》要和五个弟兄挤在宿舍里，现在他经常能在阿桃奢华的别墅里，在软如云朵的沙发上。当然，他们还喜欢做爱，做爱的感觉让他们常常就忘了自己是谁，以及是谁的谁。

今夜，阿斗一个人睡在四面透风的工棚里的时候，他忽然想到自己的身份，他是谁的谁。这个问题使他辗转反侧，答案虽然就在心里，就在嘴边，但此刻他依然辗转反侧。

他前半夜觉得对不住妻子，后半夜觉得对不住阿桃。黎明到来的时候，他眼前尽是阿桃那桃花一样美丽的眼睛，阿桃的眼泪也是桃花瓣一样的。半年来，每次桃花喊他老公的时候都要掉眼泪，桃花说，若是今生谁能喊她妻子她就是一个幸福的女人。

桃花这时候就纠缠他喊妻子，但他从来喊不出口，他知道，妻子在千里之外的流水镇，而怀里的阿桃，该是那个在台湾的半老男人的。

昨天阿桃把一张卡放进阿斗的口袋，阿斗当然知道那是张信用卡，台湾人给阿桃的信用卡，阿桃只能购物，却不能得到现金，这也就是阿桃买一包卫生巾也要刷卡的缘故。昨晚阿桃把卡给阿斗的时候，嘱咐阿斗，所有回家要买的东西都用这卡刷，阿桃说，算是她的一点情谊。

尽管阿斗觉得口袋里装着块火炭，却无力把卡掏出去。他从未有过刷卡的体验，他没过过那样的日子，他不知道一张没有一分钱的卡咋会刷出那么多硬铮铮实实在在的好东西，他的心里好奇住得满满的。

他想好给父母的礼物，也想好给妻子阿兰和女儿小小的礼物，他还要给阿桃买一件礼物，都用这张卡刷一刷一刷。

但是，这个早上看见这片青青麦田的时候，阿斗却想到如何把这张卡还回给阿桃，他想若是见了阿桃的面，他肯定会把话说错，或者自己一时心软，再犯下更大的错也是可能的。

“我索性把卡投进阿桃的信箱。”他终于想出一个主意。

“我发短信让她去信箱取出台湾人的卡。”他更加确定。

“阿桃，你的酸汤面做得真是好吃极了。嗯嗯，你若是愿意在我们厂子跟前开个面馆……我一下班就帮你照顾……”他的思绪漫漶开来，像雨水蒙在那片翠绿的麦苗之上。

“阿桃……”他有点热泪盈眶了。他是不能无声地离开,那样对阿桃不公平。他盼望交接的工人早点到来,又盼望他们晚到，他不知道下来的这段时间，倘使他不去找阿桃，他能做什么!阿斗真希望时间一步就走到三天后，走到他在火车上的那一段。

也许是一夜辗转，阿斗竟然又在悉悉索索的雨声中睡过去了,一下子就睡过去了。他做梦了吗?像是做了,他的眉头时而扭结在一起，时而又嗤嗤地发出笑声。

幸好这个工棚离城市那么远，他困在梦里或在梦里开心，都不为谁知晓。

《文学港》2015·10 期

祈 雨

阿斗踏进流水镇，遇见厉槟榔。

厉槟榔骑在摩托车上,嗡的一声,就到了阿斗跟前。

厉槟榔说:“一大早出门,碰上的咋是你这远路人?你回来年后还出去不？”

厉槟榔冲阿斗晃一晃手，阿斗看见厉槟榔缺了根手指——残废了，大吃一惊。

两人站着寒暄，厉槟榔说他有紧要事，要去镇后头吴婆婆那里借斗方，午后尚爷祈雨用。摩托车开出去又停住，厉槟榔扭头嘱咐阿斗："下去三点半，在四方街祈雨，要来！"

如果你是外人，站在流水镇看世界，你会心生恍惚，就算是今天，这里也仅仅是解决了温饱问题，远说不上富裕。年轻的一代走到他们祖宗几辈都没能走到的地方，却和这里有着舍弃不掉的联系，他们知道北京的王府井、三里屯，镇上有人甚至在798艺术区办过展览。生了病，他们去北京的大医院求医，也去道观祈药；留心天气预报，一周、半月的天气都在网上查询，却也虔心诚意地祈雨。

八十六岁的尚爷健在。只要尚爷在，这祈雨的事就落不到别人头上。

流水镇的土地面积一年年缩减，但他们对土地的情感难以了断，祈祷风调雨顺的愿望，在骨子里。

冬月没见一点雪星子，眼见着雨水节气到来了，仍是没见一星雨。老人望天，一声叹息："这天哪！"眼神和语气里，满满的不安和愁烦。

“又不是没得吃，愁烦个啥！”有年轻人不以为意，立即招来老人的训斥：“黄口小儿，不知轻重！”

两个月不下雨，连尚爷都不静不安了。他昨晚捎话把年轻的镇长叫来，说他要为镇子祈雨，嘱咐弄全祈雨的物件，还嘱咐把镇上的年轻人都叫来，能到的都到，看一次少一次。尚爷语气里有截铁的果断。

参加祈雨的年轻人都被尚爷分派了活儿，分给厉槟榔的，就是去镇后头借吴婆婆的斗方。

阿斗看见厉槟榔急火火去借斗方，赶紧回家向媳妇景波报到。景波正在院子里用棕毛扎扫帚，说是祈雨用。阿斗在心里笑了，他感到一阵轻松，一阵解脱，一阵感动。

阿斗回镇子后见到的这两个人，都在为即将到来的祈雨忙碌，这叫他莫名兴奋，日子一瞬间在他心里现出紧致的形状。

匆匆吃了景波做的热米皮，阿斗帮景波扎扫帚，随后把十几把扫帚拿到了四方街上。这些年，四方街很少像今天这么热闹过，似乎能来的人都来了。男人黑衣白巾，在屋檐下一顺儿站立，少见的安静，没人吸烟，没人吐痰，没人讲笑话，看着都庄重。寂寞多年的锣鼓手也从这里那里凑齐，坐的坐，站的站，也都安静着。只有红白纸扎起来的龙在风中一扭一扭的，像是马上就要飞到天上去，履行自己司雨的职责。广场清洁队伍庞大，一派庄严。

黑衣黑巾的尚爷是坐在一把竹椅上被四个后生扛过来的。他一出现，祈雨的仪式就算开始了。参加仪式的队伍在尚爷身后排列整齐，妇孺走在队伍最前面，老妇手持扫帚扫土，儿童拿着没有一片绿叶的柳枝洒清水。

队伍开走。

唢呐声的高音拔起，锣鼓声跟着响起。

陌生的调子让人的脊背起一股凉。

镇长谢昌华恭恭敬敬地把用麻绳固定稳当的斗方套上尚爷脖子，那是几代人盛装过麦子玉米、借过还过面粉小米的斗方。

从前庄户人家人人熟悉的斗方现在虽然没几家有了，但却是这古老仪式必需的神圣物件。斗方的底部埋层火药，上面薄薄覆盖一层草木灰，一炷高香插在斗方正中间。祈雨从点燃高香正式开始，祈雨过程最长不过这一炷香燃尽的时间。高香燃至根部，若没下雨，斗方底部的火药将燃起火焰，那是天不遂人意愿，那年迈的尚爷就有可能用老身祭苍天。

祈雨人群的心思是复杂难言的，每个人，哪怕是对世事混沌一片的孩子也感到从未有过的紧张，所有人的心思凝聚一点，那就是祈愿雨滴早点落下，哪怕只有三五点，也成。

唢呐声带着撕裂人心的紧张，只有尚爷，在队伍中走得缓慢稳静，仿佛他八十六岁的生命凝固为这一刻的庄重。

尚爷鳏居多年，用他自己的话说，老天爷不叫，死不了。干旱祈雨的建议由尚爷提出，祈雨的念头在他心中翻涌，压下去，又冒上来。

这些天，尚爷总回忆起他小时候看爷爷作为镇上最年长的人，带头祈雨的场景。有生之年，他也要扮演一回这样的角色，如果天不成全，他就用一把老骨头叫后代知晓这身体和生养之地的关系。

老迈的尚爷迟缓稳静地走着圈，所有能扭头看尚爷的人都扭过头看他胸前的高香。

过半了。

剩三分之一了。

三分之一弱了。

广场被紧张的气氛笼罩，人群努力保持镇静，似乎被尚爷的精气神支撑着。

紧张忧虑中，只听天空哗啦一声，午后一直闷着、像蒙着一层灰布的天空被撕开，由风推送着，一团轮廓鲜明的云奔涌过来，浮在这群黑漆漆的，被某种秩序制约着的人的头顶，闪耀着银亮光芒的雨唰地落下来，尚爷怀抱的高香升一股蓝烟，被雨点顷刻打灭。人群中爆发出一声类似号叫的嘹亮声音。人们欢呼起来，锣鼓唢呐在那一瞬爆发出最高音，纸扎的龙在密箭般的雨中乘风飞舞，就要飞升上天。

老人孩子壮年人，都在雨中接受着洗礼，发出一致却带着自个儿情感的欢庆声。

三分钟的雨水。整整三分钟。阿斗站在雨帘下，仿佛被圣水洗礼的圣徒，他想哭，想喊，想要号叫，想要冲进田野的深处。

阿斗想起了桃子，他立即给桃子打电话。电话里他呜呜咽咽，不成句子。

于是这个下午，刚刚把台湾老公迎进门的桃子听到电话里阿斗泣不成声地向她一遍又一遍地念叨："你应该回来，你三年都不回老家是不应该的，你该回来看看，回来看看。"

台湾人听着电话里隐约传来的哭声，问桃子："是谁死了？"

桃子平静地说："奶奶死了，我得立即回家。"

《小说选刊》2016 年 11 期

告 别

旋柿子这天，我们看见鬼魂。

“我们”是我和我弟。

家里请了村头的黑子智来家旋柿子。

一大早智就来了，细瘦的有点伺偻的背一整天扣在一个窄小的板凳上，黑黑的手捏起一个柿子，左手扣在旋机上，右手搅动旋机把柄，刺棱刺棱刺棱，一个柿子旋出来；刺棱刺棱刺棱，又一个柿子旋出来。

黑子智叫杨智，但故乡人称呼邻里，多爱在人名前加前缀，这前缀通常外人听来不知缘故，落在熟人耳朵里，却唤起认同和亲切。就拿黑子智来说吧，他本名杨智，人们略去姓，唤他智，够亲昵；至于黑子，是智最显见的特征，他人长得黑，又是个男人，这男人虽然不到三十岁，却也是一个拥有手艺的会旋柿子的人。黑子智！黑子智！人们这样喊他，真是很合适呢。

因为脸黑，倒衬得智的牙齿和眼白格外白亮，现出某种难言的干净，这使他的脸给人一种愉悦感，和他细瘦的身子一搭，你无端觉得这个人是轻的可能被忽略的，也是重的是一见之下会被记住的。

智的手黑魆魆的，从那黑手中脱颖而出的旋掉了柿皮的柿子却清亮似乎能够画进画里去，旋掉皮的柿子丢进竹笼，装到半大筐笼，就提到院子里，倒在我爷辫柿辫的竹席上。

柿子皮从智的手指缝里挤出来，和柿身完整地脱开，掉在竹篾编织的箩筐中，也不散，是虚团团的一个个柿子的形状，如果那箩筐是今年新编，柿子的甜味里就混进了竹子的清香气。看旋柿子闷了，我们就抓起一个柿衣，手一抖，柿皮长长，魔术般的一条。不经摔打,刚想像鞭子一样抡起,却断在头顶的半空上。

第一次看过旋柿子，我晚上睡觉就把脱下的衣服用手拢成虚虚的一堆，再不像从前随手一扔，扔哪儿算哪儿。我娘发现了，说这是进步，赏了这句好话后，手中忽然就多了个红艳艳的柿子蛋，也赏给我。

请工旋柿子是家里的大事，一整天的饭食都比平时好，早上照例是玉米粥，但菜不再是单一的酸菜，而是用酸菜炒洋芋片，还有煎豆腐，茄子饼。午饭是米饭，没了酸菜，土豆炒成了土豆丝，豆腐依然煎了，新摘下的茄子在灶底的热炭里烧熟，烤熟了茄子，再在热灰里溜熟青椒，用竹筷划开茄子，用捣蒜的石堆窝捣烂青椒蒜瓣，这个凉拌茄子叫馋死神仙。还不够呢，午饭加了道菜，是洋芋粑粑炒腊肉，这个若不是请工，就要到爷爷奶奶过生日或者过年才能吃上了。也得说说晚饭，晚饭简单了，一大锅酸菜面，不放土豆，只是白面，以示主家请工的心诚和大方。

请黑子智来家旋柿子的那个晚上，和那晚上酸菜面的味道至今记忆清晰。

一天的劳碌，黑子智伏在矮小旋机上的身体本该在晚饭前抬起，饭后他就能从容喝一缸子我爷给他泡的大叶茶了，但我小姨不知从哪里忽然冒出来，手上提了半笼柿子，说今年就旋这半笼柿子，不用再费心搬挪机器，合在这里旋了算了。

外婆的酸菜面已经做好，酸菜面是不能等人的，要及时吃才香，于是大家围桌吃面，吃过了面再给小姨旋那半笼柿子。

我和弟早看腻了旋柿子，这活儿对我们没有吸引力还在于，新旋出来的柿子距离香甜的柿饼还有近两个节气的时间等，要等到霜降以后才甜。旋柿子要捡稍硬点的，硬柿子当然涩，柿皮子更要等到上了厚厚的霜才有点嚼头。待在矮小黑瘦的黑子智的身边，多无趣啊。

吃面后我们鼓着肚腹，去核桃树下的磨道玩耍一阵子。

走到磨道才觉得和闷的屋子比，外面真是舒服极了，清鲜的空气里带点燃烧蒿子的味道，从夏天开始，我们的傍晚总在玉米、谷子、高粱、莲塘、各种果木的香以及鸡啊牛啊的粪气之上，浮漾一股燃烧蒿子的味道，这味道轻了好闻，太重了，也有人嘟哝，一股臭蒿子气！

都说过了伏天，蚊子的针刺消退了夏天的毒辣，叮咬人没了气力，但我在伏天之后，若是给蚊子叮了，痒刺难忍不算，这肿起来的疙瘩经不得抓挠，抓挠会使那个本来不大的包加倍变大，半月都不能痊愈。我就想，叮咬我的蚊子一定是蚊子中的“姜”，是越老越厉害的。偶尔一声晚蝉的低鸣，仿佛是向一年中最后的日子道别，又像是有无限的挣扎，难言的伤感。

黑子智一天的成绩高高悬挂在磨道上面的核桃树枝上，也在院墙的西墙上整齐成排，看着喜人。用来辫柿子的是新割回来的龙须草搓成的绳子，也有用苞谷壳辫的，在技术好的人手中，它们一样结实，禁得住重沉沉的柿子。

辫柿辫的活儿我爷爷是谁都不让的，他自己辫得太好，好到找不到一个继承人，只好既骄傲又辛苦着。旋柿子还有机器帮忙出力，把一颗颗柿子辫到绳子上再高高挂起来，就不仅是技术活儿也是重的体力活儿了。

我爷爷像一头倔强又负责的老牛，硬是把一天撑成个圆满。黑子智的柿子旋完，我爷爷也只剩最后一串柿子要挂上墙去。

所以他吃晚饭的心情是愉快的，有疲累过后全然放下的轻松。晚饭后他和颜悦色地退坐进夜灯昏黄的光晕外。他看上去有点虚弱，有点好脾气的样子，稳静地背依堂屋的门板坐定，享受烟袋的样子几乎靠近幸福。

黑子智给小姨旋的那半笼柿子是不用他辫绳子悬挂的，当黑子智再次坐在那张仄板凳上刺棱刺棱刺棱地旋起柿子的时候，我爷爷坐在那里，适时把烟袋从嘴里拔出来，和智说上一句两句话。

奶奶和我娘和我小姨呢，这时在厨房一边闲话一边收拾碗筷。

我现在想说，我们在磨道看见的那个人，那个走进我家院子，眼看进了我家堂屋的那个人，他到底是谁呢？他去了哪里，为什么我们眼睁睁看见的一个活人，他们却都要集体说没见呢。尤其我爷爷，黑子智，我们看见的那个人，就是走近那盏罩在他们头顶的昏黄的灯光下了，近乎走到他们身边了。

至于我们家的院墙，人家都夸说我们家院墙是乡里最好看最高的院墙，青瓦白墙，尤其那棵父亲从百里外的工作地运回来的棕树，一年年高茂，现在早已高过院墙，撑在那里像一把张在墙头上的伞，简直成了我们家的地标。

哥哥考上大学那年，邮差来送通知，一路打听到村口，人家手一指：瞧见了不，那个冒出一棵棕树的院子就是。为邮差指过了路，知道邮差是去送高考录取通知书，那个我叫婶婶的人叹息一般地感慨，看人家，真是好花开一树。我这个婶婶真是语言上的大师，她不仅能以乡村的实际说出好花开一树，她也能充满想象力地说出我们此处根本不出产的景象，她说：烂船倒一湾。

我这样说，是想说走进我家院门的人，要出去，只能原路返回，再无其他道路可走。

可你看么，我和我弟两双眼睛盯看着一个人走进我家院子，怀着即将逮住一个贼的兴奋，偷偷躲在磨子的后面，只等这贼有妄举时及时跑出来大喊一声“抓贼！”但这贼真叫我们扫兴，他一步一步、从容不迫、轻车熟路地走进了我们家的院子。上了台阶，进了堂屋。真叫我们失望。

我们等啊等啊，等那个黑地里影影绰绰走进去的人再走出来，但是他总不出来，于是我们不耐烦了，就回堂屋探看，看到底是谁来了。

但是，堂屋只有智在收拾他的机器，小姨说不要柿皮了，她只把旋柿子带走。

我们于是同声问爷爷，刚才是谁来我们家了？

谁来了？谁也没来。

我们再三追问，着急着描述进来的人的相貌，但那相貌在我们的描述里，越发模糊成一团朦胧虚影，像柿子脱下的皮。

正在我们没法说清的时候，院子里脚步咚咚地来了人，是隔壁二舅，他跟爷爷说，苟生老汉死了。

我听见我爷爷嘴里“呃”的一声。闻讯赶来的奶奶，把爷爷那一声即将落地的“呃”接起来，于是，又一声“呃”被奶奶的嘴吐了出来。

第二天的早饭又恢复成了玉米粥，洋芋煮在粥里，菜就只是个酸菜，不炒，拌点红辣椒油盐在里面而已。

我们在核桃树下靠着院墙吃饭，头顶昨天旋出的柿子已经有点缩水，退了明黄，增了深红，显出一点点柿饼的轮廓了。

我再次提说昨天那个来访者，坚信真的有人走进过我们家院子，但他进来了又是如何在我和弟的注视里走出去的呢？我的困惑这次被我奶奶接住了，我奶奶听见我问，若有所思地抬头，顺带回答我们，来者是苟生老汉，他和你爷要好，那个独老汉就只和你爷要好。

他来，是要给你爷道个别的。我奶最后说。

《延河》2015 年 10 期

火车站

一个老人，颜面沧桑，须发皆白，却又有种说不清的洁净感，在这人头涌动的火车站，老人浮动的白发让他看起来有点浮出芸芸众生。

老人从一辆蓝白相间的火车上下来，随人流向外走，如我们所有人下了火车时那样随大流向外。作为孤独的个体，他们从哪里来，到哪里去，是个谜，却能在此汇集，在短暂的一刻方向一致。慢慢的，距离拉来，分散，最后各个消匿在每一条岔道口。

人流像水流遇见沙地那样，一点点渗入不见，最后只剩下老人像一枚树叶，搁浮在沙地上。这期间也有人朝老人走来，又越过他，走远，消失不见。

老人站在原地，似乎在回忆，他的眼神瞬间明亮，瞬间又陷入迷茫，他还是站住，不动，要努力想起什么来。

他终于又开始走起来，沿着脚下的那条长廊走。长廊引导他走，长廊不知道他其实在这一刻忘了自己是要去哪里了，忘了目的地，也就无须焦虑，脚下有道，可以引他行走，而走着，总会到达吧？

老人走到长廊的尽头，看见一列长长的台阶，台阶通往高处，老人笑了，开心念叨，嗨，老伙计，你在这里呀，可找到你了。

老人知道从一列列台阶上去，会是大船的露台，站在露台上，大海一览无余。大海蔚蓝，大海灰蓝，大海也可能暗黑伸手不见五指。老人停在台阶上歇息的时候抬头看见一束光照耀下来，打在左手臂旁边的灰色墙面上，他从阳光判断今天的海面会是蔚蓝的，常常有好几天，天空都是一般蔚蓝，大船在海上行走，给人船并不曾移动的错觉。天空有时候又是那么丰富，简直可以用辉煌形容，太阳是魔术师，带着云彩，朝霞晚霞，风，合谋出这个星球上最绚烂的风景，海也呼应，海捧出它的子民，华丽丽的鱼群，鲸，海豹，海的子民追赶着人类的船只，越过船，像是要和船上那不熟悉也不陌生的人类游戏互动。那时大海是喧腾热闹的。大海有时又是安静的，安静到让人陷入冥想，冥想的海面上，连一只海鸟都没有，海水看得久了，你怀疑海水是凝固的，像蓝色的水晶体，像海水结了一层皮子。

最初那些年，海上的每一种风景都会惹起他们的激情，惊呼，呐喊，后来，就像人们在城市里看见车水马龙那样，觉得每一天都是平常景象，不再感到新鲜好奇。只有需要应对突然的风暴、雷雨、惊险的时候，才会提起他们的紧张。但老人是爱大海的，他觉得把一生都交给大海，和大海搏斗、掌握大海的脾气，学习和大海相处的经验妙不可言，要说清这些啊，那可得费些时间。他在海上度过了二十一年，二十一年，有多少故事、经历、见闻值得讲述！

你看，仅仅这台阶上短暂的一刻停留，就让老人想起这些。老人从回忆里走出，继续向台阶上面走，等走上最后一列台阶的时候，并没有熟悉的海风迎面来，出现在老人眼前的倒是一个平台，但没有海。这让老人有点吃惊，他一时辨别不清这个小小的平台是做什么用的。平台上有一棵开花的树，开花的树让小小的平台现出一股莫名的诗意。老人在那棵开花的树下发现了一把椅子，椅子久无人坐，老人小心翼翼地坐下，他坐稳了，感到宽慰般，又笑了一下，他抬头，辨认头顶的树，树是合欢树。老人想起来，自家院子里就有一棵合欢树，每年他休假的时候，都要回到那个有合欢树的院子里，孩子们的笑闹拍打树木，震得合欢花一抖一抖的，合欢摇摆的样子很像是一个人在笑，那时候秧田里的秧苗都已经长齐了，一色的绿。孩子们上学的上学，最小的小孩无学可上，总是跟在他的身后，那个小小的孩子只要看见他，就和他寸步不离，睡觉的时候还要握着他的一根指头才肯安心睡去，似乎是担心闭眼的一瞬他又要离开了一样。是的，他真是有点惭愧呢，一年也只是休假的时候才能和孩子们在一起，假期一个月，偶尔是两个月，但总是不久就要离开的，离开，归来，似乎是平常的事情，他除了想起来心里惭愧，似乎也没更多的办法。时间在他的归来与离开间过去了，后来那个热闹的小院安静了，安静到风似乎都不爱来的样子，没有风，空气就静止不动的样子，凝住了似的。

等后来他真正归来再也不走的时候他们却都一个

个走了，他一辈子在大海上漂来漂去，他归来，孩子们却去了他来的方向，三个男孩，一个女孩，他们都去了遥远的大海那边，老人偶尔思索，觉得不可思议。

再后来呢，老婆子也走了，老婆子在他归来的第三年走了，一走永别。这让他伤心，觉得他是再也没有机会弥补点什么给她，虽然他也不太清楚具体能弥补老婆子什么，从前年轻的时候她肯定是非常渴望他需要他的吧，但是后来他们都老了，虽然她的老触目惊心，而他，似乎在某个年龄点上停止了衰老，这让他看上去似乎比她年轻，但这样不是更好吗？让他来照顾她。但是日常生活里却是她在照顾他，因为他几乎不会做任何家务，他要去做一件事情，结果弄得她不得不费两倍的时间重新去做，他只好罢手。

两个人的日子有时候似乎很寂寞，不动的屋子，不动的地面，似乎静止不动的空气偶尔都让他有闷住的感觉，但是他只能待在这样的地方。久了就好了，久了就习惯了，只是偶尔的一天，小院里来了个年轻人，年轻人说他是来采访他的。

那真是个阳光明媚的早上，他一早上都在说话，向年轻人回忆他在海上的生活，他经历的种种冒险，乐趣，甚至不为人知的秘密。他模拟升帆、解缆、重沉沉的锚落下去的钝感。老人久已没那么激动，激动似乎能吸氧，于是他感到头脑一时清明，胸肺一时大开，真是畅快无比。但是随着年轻人的离开，老人感到周围的空气似乎又凝固住了，一切都恢复了不动的状态。

老人觉的自己要动一动，不动似乎要生锈了，于是他站起来，离开身下的椅子。他左顾右盼，顺着一堵墙壁的外围走，于是他走了出去。

人群一下子又出现在了老人眼前，人来人往，真是热闹啊。老人走到人群的外围，他感觉自己真是有点累了，最近双腿总是显得很无力，这让他走一段就要停下来。一个年轻人见老人走过来，赶紧起身让出座位。老人满怀感激地坐下。

坐下看眼前的人群，时而稠密，时而稀疏。老人看见阳光这次打在自己的右手臂上。再后来呢，阳光走到了他的身后，再再后来，阳光消失不见了。

但是太阳还是会再次升起，阳光会再次临近老人眼前，不管他走到哪里，天总是会黑，也总是会亮，白天有时候有阳光，有时候没有。老人走了很久，绕来绕去，其实还在那火车站的站台周边。

老人走着，不断有声音被他的耳朵逮住，但他的耳朵和双腿一样无力，逮住，又不得不放下。比如有次他听见一个女声在叫卖什么，叫卖声越来越近，后来那声音转到他的身后去了，老人听真切了，逮住了，听见是在叫卖莲子。莲子的印象像一个符号，停留在老人心中，有好几秒。

再后来呢，老人听见有个男人的声音也在叫卖，是卖炒毛栗子，是“热腾腾的新鲜的炒毛栗子”。后来，又在卖烤红薯了，烤红薯的香气使老人一阵恍惚，他很认真地向那个似曾相识的卖红薯的中年妇女看过去，中年妇女回过头来，冲他笑，走过来，把一个热腾腾的烤红薯递到他的手上。他听见中年妇女说，可怜的人。

——可怜的人。老人回忆女人的话，也想看看那个可怜的人是谁，但是他没看见谁是需要可怜的人。于是，老人再次陷入到那种不时清楚又时时糊涂的状态里去了。

《延河》2015 年 10 期

减法

现在，米根老爹已经不记得是否教过孙子一加一等于二这道算术题。他一辈子当村小学校长，好为人师按说是职业习惯。但他现在真是一点想不起自己是否教过孙子这算数。很多事情他现在都说不准。儿子第一次带孙子回来孙子还是襁褓中粉嫩粉嫩的小毛芽，第二次来，就是一个能用网兜捕蝉的顽劣小子了。这都是时间的力量。时间使孩子长大，大人变老。

你看，时间就增加了米根老爹额头上的印痕。

印痕不算什么。但是自从在菜地边的小水渠上跌了跤，米根老爹竟躺倒了。在学校、在林中、在地里、在河边行走，原本对米根老爹来说是那么简单的事情，现在，却是横在米根老爹面前最大的难题。

这一躺倒，三年过去了。三年，米根老爹清楚听见窗外的树叶刷刷掉落过三场，当树叶又一次在枝头如鸟雀雀跃的时候，米根老爹清楚感到自己体内，有一根细丝悠悠荡荡地，要离开他的身体的牵扯到远处去，米根老爹无端想象自己正如一根大萝卜，正在慢慢变糠心，从最核心处往外糠。外表看，看不出来，糠是在心里的。

没有遗憾，不管是对自己，对老伴，还是对儿子。

现在死亡是横在米根老爹面前最平常的一件事情。老伴那么好，三年对他都像第一天那样有耐心，还有什么遗憾呢。儿子呢，他在城里，忙，是真忙，儿子是公家的人，做公家的事情，不能常回来，却也尽了最大努力多回来陪米根老爹，每回都像要抢回一分一秒那样，恨不能把一分钟当两分钟过。这还不够么？太够了。孙子呢，都上大学了，将来是要去很多的地方，更远的，更大的地方的。但是无论走多远，去哪里，却都是从米根老爹生活了一辈子的米仓山出发的，走到哪里这里都是出发点。想到这一点，米根老爹真是有贴心贴肺的欣慰和满足。

还有什么遗憾呢，真的没有了。

当身体内那根丝线悠悠荡荡的感觉越见分明的时候，米根老爹觉得自己最紧要的，是要做一道层层递减的减法题了，余数越小，他的内心会越发安妥。那样，他才会有最后的妥当，最后把身体和心灵摆放平展。

一个阳光明媚的早上，在老伴手上吃掉半碗粥之后，米根老爹靠在被垛上，平静地对老伴说，天是公道的，天使他躺了三年，使他想了三年，三年他想明白了以前很多年没想过的事情，他说三年他得了福，现在该他要走了，走在老伴前头。这三年，老伴也有得，那就是他三年对她的拖累使她能接受他的死，能安然平静无太多牵拌地接受他的离世。

儿子提前对父亲尽了孝道,也好。米根老爹对老伴说。

现在他还剩下几句话要交待。

一呢，从前好的时候预备下的棺材是柏木的，柏木棺材太沉太重，现在的晚辈都像自己的孙子，天生不长力气，没力气，怎抬得起那么沉那么重的棺木?下葬的时候他们可要吃苦了!要换成桐木的，桐木轻巧，不太费力气。

还有,以前选的墓地离村子太远、太僻,山高水长,路也不通，埋葬的时候肯定会从庄稼地走，就算是在冬天，踩不坏庄稼，却天寒地冻的，娃娃们辛苦，改在屋后林子里选棵树下，埋了好。往后，老伴若是还在老宅住着，也离得不远，抬头就能见到；若是随儿子去城里住，他在林子里待着也够得着看家护院。啥风水不风水的，能使心安妥的地方就有好风水。

米根老爹眼见着老伴以及晚辈们答应了自己：把柏木棺材卖掉，重新打了桐木的棺材。把新的墓地再画出来，长舒一口气，平静地，听任那根细丝悠悠荡荡地飘出身体去。

夏天终于过完了，连那个秋天秋老虎的尾巴也消失了。米根老爹说自己可以死了，因为渐渐凉爽的天气使死亡将要带走的那具躯壳能在人眼前保持最后的安静、最后的尊严，而不必使人在它面前屏气敛息。

米根老爹在立冬那天早上死了。

米根老爹的儿子去抱米根老爹到灵床上，儿子觉得父亲轻轻的，像一个婴孩那么重，他惊讶地张了张嘴，用目光去寻母亲，就见自己的母亲正用圣母一样慈悲平定的目光注视着他。

于是，米根老爹的儿子收住目光里的惊讶，把父亲那轻如婴孩的身体紧紧地贴在自己的身体上。

《羊城晚报》2011 年 4 月 4 日

秦时月

掰着指头算，兵算出自己离开故乡五个年头了。他记得离家时，门边硷畔的迎春正爆出星星点点的黄。那黄就摇曳在兵心头，这许多年。

兵的娘后来想儿子哭泣的时候，心里总算安慰：赶制的一件棉袍、一双棉窝窝，是兵带着走的。兵的爹老了，于是筑长城的劳役，该兵这样的年轻人替代。兵无所谓，北方，是自己迟早要去的，筑长城、守边，都一样。

兵不停地走在路上，就把麦田走到了身后。接着迎来了山，又走出了山。然后兵就看见无边的枯草，到处都是草，风呼呼吹过时，草低低地伏下，臣服于风的力量之下。兵看见长城时停下，长城在兵眼里，像一条蟒蛇，在平展展的荒草滩上蜿蜒伸展，直到兵目力不能及的地方。兵现在来延展这条蟒蛇的长度。

兵和另一些兵，被教练着和泥、填土、挖沟。不久兵被固定在和泥这道工序上，因为兵最擅长和泥，兵和泥和得又快又匀，同样的米汁被兵和进泥土，就能筑出冷铁一般的墙。将官用铁戈来戳，戳不透，和兵一起筑墙的人因此得到嘉奖，若是被将官的铁戈戳透呢？那筑长城的兵将被填埋进一段新土墙里去。

第二年的时候，兵和一群兵又被选出去种植榆树。那时候，衰草退了黄，添了绿，空气里鲜草的清香一阵阵扑进兵的鼻腔，兵觉得真是好闻极了。一些早开的野花像夜晚的星星一样明亮醒目，真好看。榆树有大有小，兵严格按规定的间距把榆树呈三角形栽下。这些榆树阵，阻挡飞一般驰骋的匈奴骑兵的马腿。一个老兵回答了兵的疑惑。

兵早都听说匈奴兵是些喜食腥膻的虎狼一样的野蛮人，挥舞大刀，骑高头大马，来如疾风，去如闪电，常常跟随在一股黑风的后面而来，眨眼就掠走了南人的马匹、牛羊、地里成熟的庄稼、屋里煮饭的妇女，河边浣衣的姑娘，简直是一群魔鬼。兵和更多的兵辛苦着筑长城、植榆树，就是为了挡住这疾风，这闪电，和比这疾风闪电更可怕的大刀。

在榆树发出呼啦啦明亮响声的时候，兵听说了一个可喜的消息，蒙恬将军打了胜仗。消息是从北方退回来养伤的兵带来的。这个缺了屁股的兵倒不在乎丢了半边屁股在匈奴骑兵的大刀下，他大咧咧地说，就当是喂了饿狼了，命还在，好得很。像他这样的残兵就不用再上前线，不出意外，倒能活着回去见老娘。

兵现在驻守这个叫五里墩的烽火台，和那个缺了屁股的兵，为了区分彼此，下面叫兵为末，叫屁股残缺的兵为老。叫老，叫末，你记住了没？

大批的兵从五里墩烽火台上撤走，只留下叫老与末的两个兵。没有人告诉他俩要留多久，回头会有谁来接替。没人说。时间像草尖上的风，有些摇摆、不定、恍惚。日举烟，夜举火的烽火台有好些日子都是沉默安详的样子，有时候末站在五里墩上向北遥望，他只看见大片的草一天向南倒伏，一天向东倒伏，不好把握的样子。五里墩也不再像以前那种两个时辰一换岗的紧张与警惕。老和末有时候很是诧异，但他们同时说，没有狼烟和火把吵嚷的日子难道不好么？日子像他们在烽火台上摊开的身体，放松，再放松。

就这样，又一个春天来了。

一个漫漫的和风吹脸的春日，靠在土墩上晒太阳，老对末说，你没有打过仗，你没有看见蒙恬将军的弩车从直道上开过来的阵势，你也没扳过弩机。“放——”，老模仿发弩机的动作。“嗡”——老比拟弩飞驰的声音。像是有一万只大黄蜂朝一只羊猛扑过去。人仰马翻，当然是匈奴骑兵。老描述。

匈奴骑兵统统被赶回老家去了。你不信，你笑，你啥也没见过。你当然笑。

我修过长城，我和泥得到过领军的嘉奖，和我一道修长城的人都沾过光。末终于想出一件属于自己的光荣。末当然不会跟老说，他在北上前，是村里有名的砖瓦匠，他烧的砖，远近闻名哩。

我栽的榆树，大概都能活。这话是末在心里念叨的。因为末想，泥瓦匠是属水属土的，好水好土当然滋养木。

又一个夜晚，躺在烽火台上吹风，老笑嘻嘻地，神秘地对末说，你连女人都没见过哩，你见过个啥！月撒清辉，虫鸣叽叽。

老的话末早听见了，但他默声，不理老。女人他咋没见过？他离家那年，隔壁喜良刚娶了媳妇，新媳妇来他门前井台上打水，隔着一把辘轳站着，一个人手上的温度，传给下一个人，怎说他，没见过女人？喜良去筑长城，比他早走一月呢。

但末还是有点伤感，因为从他家的辘轳井台，末联想到老娘，以及老娘灶台上弥漫的饭菜的香气。他多久没吃娘做的饭菜了？他几乎都忘掉大白馒头的麦香气了。他鼻翼抽动，像狗觅食似地嗅，却还是只闻见清朗月光下青草清寡的香气。

后记：

公元前215年，嬴政以蒙恬为帅，统领30万秦军北击匈奴。在黄河之滨，以步兵为主的秦军与匈奴骑兵展开了一场生死之战。秦军在蒙恬的指挥下，以弩重创匈奴骑兵，秦军以锐不可当之势，迫使匈奴远遁大漠。蒙恬修长城，建直道，栽榆树。此后很长时间，匈奴“不敢南下而牧马。”即便秦末，中原陷入战乱，北方的匈奴也长久不敢南犯。这是后话。

而彼时那两个兵，唯有坚守与等待……

《小说月刊》2011年12期

出神

十几年的光阴随水流去，江河归位，空气中又能闻见成熟庄稼的芬芳气息，孩子的笑闹声随炊烟在村庄上空明亮升起……

禹觉得郁积在胸口的一股气慢慢散开，让他的身子仿佛要飘起来，又仿佛终于能够放下似的觉得轻松。从山巅向下望，阳光照耀着河流，照耀着村庄，照耀着田里劳作的男女。那些人，他们现在在路上遇见他，都要远远站住，静静垂下双臂，把头偏向一边，微微地向他笑，低低地唤他一声“禹爷”，然后目送他走远。那景象让禹有点幸福、有点疲惫，还有点莫名的感伤。人民的拥戴声和欢呼声让他心惊，他只能微笑，可笑着笑着笑容就失了温度，僵在脸上冷冷的，使他难受了。

他越来越不爱出门，无聊地躺在石榻上，看着墙上裂缝中一株雨季里长出后又枯死的灰白的草发呆。呆着，不觉想到了来世，今生似乎没甚可想了，那来世呢？若是真有来世，还作一个治水的贤人么？禹独自呵呵地笑了。

来世？自己倒愿意变作一棵树，禹想。不做激流中的石头，不做可以轻松飞过湍急流水的飞鸟，就做一棵苍苍的枝深叶茂的树，长在人迹不能至的山之凹，自在之外，顺便给远行的飞鸟停停脚，让劳顿的兽在它的枝干上蹭蹭痒……

呵呵，禹感觉快乐、感觉宽慰，再次笑了。他听见耳边飒飒的、簌簌的、淅淅的声响，恰似风吹树叶的声息，树枝沐在雪中雨中的声息，多么好啊。禹仿佛真的感觉到鼻息之间那树叶清苦的潮润气息，闻见当风到来雨到来雪到来时，树散发的各个不同的美好气息。

被这种念头拧着心，禹不觉并拢了双脚，伸展身子，双手合十，用力向上提升身体，同时向右旋转。禹慢慢旋转，慢慢把重心转到一只脚上，并且越来越快地旋转，快到自己感觉都要飞起来了。他真的是飞起来了吗？禹听见身体中噼噼啪啪的声响，仿佛体内正在开花，在一声紧似一声的噼啪声中，禹感到上半身越来越轻，而他的双脚似乎合二为一了，那么牢靠、那么扎实地和大地亲密相融。他真切地感到脚下泥土松软的温热气了。

惊喜和幸福涨满内心，让禹有点昏晕，他顺其自然地昏晕了半刻钟。随后他慢慢从那种昏晕里醒过来，低头打量自己的身体，他看见自己的下半身已然是一截苍苍树木了，他将信将疑地沿着树身向上看，他看见自己的头上正顶着一棵高大茂盛的树冠，巨大的幸福感冲击着禹的头，使他沉沉睡去。

醒来的第一个念头，禹就是热切地等待妻子。他一心一意地等妻子到来，他一定要说服她也变成一棵树。想当年三过家门不入，的确使她颇受了些冷落和委屈，现在，如果妻子也愿意变成一棵树，那他从此将根根叶叶、枝枝杈杈地终日与她厮守一起，还有什么遗憾呢？再说，单是变树时的美妙感觉，无论如何，也要说服她试一试。

要是她不肯听他的呢？那就一把抱住她，哄她、教她——收拢双脚，双手合十。帮她旋转。飞升。看，变成树了吧。变树的感觉如此美妙，体会到了，她也不会埋怨他的吧。

可是，妻子怎么还不到来呢？禹打算像一棵树那样伸展身体，向着远处张望张望。却只听见脚底下“啪”

的一声，犹如瓦钵摔碎在地的声响。禹惶然低头，却看见自己依然端坐的神龛上，在终日缭绕，从不肯有片刻歇息的香烛烟雾里。禹仿佛做梦似的长久地发了一回呆。

被常年的烟火熏灸，禹感觉自己的眼睛是那样肿胀，他的肩背僵硬如同死了一般，治水时落下的腿病使他的双腿沉重，没有一丝想要动弹一下的欲望。

收回视线，端正目光，从深沉的恍惚中清醒，禹还是在神龛上尽力地坐正自己的身子。

《小小说选刊》2007·23 期

沉默者

我表婶对我说，她看见我表叔的第一眼就喜欢上了表叔，往后五十年，这喜欢都没减去一份。表婶说，一个女人嫁给啥样的男人，是天注定的。

沉默一会儿，表婶叹息一般地说，其实你表叔也喜欢我。

要不他能那样对我笑?

咋样对你笑?

牙齿那么白!眼睛那么亮!一个心思地看着我!

我表婶就这样对表叔一见钟情。

表叔呢？当他得知这个对母亲殷勤备至的女子就是母亲为他挑选的未来媳妇时，他急了，怒了，气了。他反抗，他即刻返回部队，两年都不回家。两年，他以为自己扭转了局面，但是，当看见老母亲带着那姑娘找到远在新疆的部队，才知道自己的细胳膊拗不过强硬的母亲。

你和部队首长的女儿自由恋爱啦？老母亲大声嚷嚷。首长的女儿咋能不讲道理呢？咋能仗自己当官的爹欺压老百姓的闺女呢？

几句话，就让我那可怜的表叔复员了。

表叔即刻恢复了农民身份。

重新挑起扁担，上岭，下河。表叔沉默得像他的影子。他的目光不和任何人对接，他挺直着腰来去，仿佛空气都无法亲近他的身体。

母亲看中的姑娘娶进了门，表叔和没说过一句话的表婶拜天地。婚礼的气氛热烈，却又怪异。所有的热情遇上表叔的冷脸，都变潮湿了，试图解读表叔的目光穿不过他的脸皮，没人看见他的心。他不对生活做一句点评，表叔的沉默又使看他的人心生同情，觉得他是委屈的，他是可以留在部队的吧？他是可以不当农民的吧？他还可以娶部队首长的女儿？可如今，咳！咳！

即便我，也遗憾，表叔不再去新疆，我也不再吃得到那么甜的紫葡萄干、无花果干，那些包装精美，内容神秘的礼物带给我的惊喜也将不再，我对着天空吹一个泡泡，看着那个泡泡破裂消散，觉得一切美好的东西都会破灭，不由心生伤感。

现在，即便我的表叔是农民了，他也和周围的芸芸众生自然区分，他见过大世面的气质，连他的沉默，也似乎格外有力量，他娶的媳妇美，贤惠，但她没念过几天书，她还是不能和部队首长的女儿比嘛。

他的老妈，真是糊涂呀。

我表奶在二十年后离世时总结表叔的婚姻，她说，你们当初都怨我糊涂，做了糊涂事，你们看我为我儿子挑了一个多好的贤惠媳妇，部队首长的女子，不行的！我表奶的逻辑是，男人有福就是有个一心待他好的女人。她给表叔找了一个能一生待他好的女人，准没错。

还是说表婶吧，哪怕爱表叔爱得委屈，表婶却说，表叔是她的命，一个人，要听命。表婶从不灰心，她心劲十足地相信，表叔已经是她的人了，表叔的身与心，迟早也是她的。急啥？不急。

表叔伺候地里的庄稼，格外尽心用力，茄子几行、辣椒几行、豆角一块、大葱几列，列队成行的庄稼阵，挂紫披红，绿意深浓，仿佛精神气十足的兵阵，随时可以正步前进，能放出嘹亮的呐喊。表叔只有在看他侍弄的那些庄稼时，目光里盛满无限深情。

表叔在庄稼地里，表婶早早提一个竹篮来，竹篮里是葱油的煎饼，一碟咸菜，另一只手上，是一小罐米粥，走到地头，表婶向地深处呼喊，开饭喽。之后表婶坐回到树荫里，目光里波光潋滟，就那样看着表叔，直到表叔走出他的庄稼方阵，走到她的竹篮跟前。看着表叔吃光喝净，表婶脸上的满足和欣慰野草都动容。

黄昏不到，表婶又会走到地里迎接表叔，地有多远，表婶就走多远，她等地里的表叔在地边的水渠里洗了手，荷上锄头，她就跟在表叔身后，腰肢一扭一扭地如唱歌，回家去。

看见表婶那么夸张地扭腰送胯，旁边的媳妇偷笑，扭得再欢，你的肚子也是平的，咋不鼓起来？表婶哪管谁人笑，依然扭呀扭。

终于表婶的细腰某一天粗壮起来，肚子越来越圆，现在简直是圆滚滚。

表婶笑咪咪，她修正一句谚语，她说，都说癞蛤蟆想吃天鹅肉是痴心妄想，我看呀，这癞蛤蟆只要心思用够了，天会落下一只天鹅到蛤蟆嘴里。

新生儿庆满月的那天，表婶第二次看见表叔牙齿那么白，眼睛那么亮的笑。

这明亮落在表婶心里，使她的心地一片光明。

婴孩一天天长大，我表叔却变成了另一个孩子，他和女儿一起嬉闹，他手艺精巧地编织各种小猫小狗，他糊风筝，那风筝能飞到白云身边，他放烟灯，烟灯摇摇摆摆，像是飞进了月宫。

表婶在表叔的手艺前目瞪口呆，表婶这时想，难怪部队首长的女儿也爱他。表婶感叹，自己是一个多有福的人呐。

现在时间过得似乎格外的快，小孩大了，离开家了，飘洋过海去了很远的地方。现在，那个安静的小院只剩下表叔表婶两个老人，像两只老鸟，半天都不弄出一声扑棱。

表婶现在走路慢腾腾，表叔呢？他很久不能自己走路了。

表叔再走，就走到另一个世界去了。

表婶没有掉泪，她嘴唇嗡动，听清她那句话的晚辈复述表婶的话，表婶说的是，死老头子，我可真是稀罕了你一辈子。

《读者·乡土人文版》2013·5期

李　果

下了203路公交车，沿着窄巷走，果然看见路就成了岔道，李果问路边一卖菜男八仙宫在哪里。卖菜男的热情与小巷的嘈杂倒是很相宜：向左走，到马路对面，走到前面有灯笼的地方，就能看见八仙宫的大门。

再有两个月，李果就来西安一年了，这个下午李果体会到的热情也正是李果不止一次感叹过的，在这个城市，人口密集的小巷子、城中村，倒易于碰上热情人，而走到“高尚社区”却是冷脸与提防多。也许是自己的气质和那些地方不相称的缘故吧，李果想。这样的一热一冷，恰恰定位着李果目前在这个城市的位置。李果就住在眼前类似的巷子里，她熟悉巷子里的气息，巷子里的人。因为空间逼仄吧，想要生出间隔，都是那么不易。在这样的巷子生活，李果能认识到的人也自然有限。

但李果昨晚收到一条短信。一个自称李茂川的人短信她，说一位年轻乡党新近升任省道教协会会长，同时兼任八仙宫道长，所以乡党们要去庆贺，定于明天下午在八仙宫茶聚。邀请李果带琴出席茶会，弹一曲琴，曲目自定。

李果对着短信发了好一会儿呆，她想不起这个李茂川在哪里见过，但肯定是见过，而且是乡党，因为聚会的前提是乡党聚。还有李茂川能准确说出她会弹琴，看来是在某个场合听过她弹琴。但她怎么都想不起李茂川的样子。

按着中年男的指引，李果果然看见了八仙宫的大门，她把短信出示给门口的年轻道士看，年轻道士客气地指引李果顺着院子右边廊道走，路端就是聚仙阁。

李果抱着琴走过有红漆木格方窗的廊道，心情恍惚又美好，她确信这样的时分是好的，是自己喜欢的。她的平底靴走过青砖地面，无声而美好。李果没意识到，当她推开聚仙阁那两扇木门中的一扇的时候，她脸上的和悦气息，像一朵在幽暗中寂静开放的莲花。

聚会中老年人居多。李果悄悄向身边一位老者打听李茂川，老者指着一位正站着和人说话的老者大声笑："李茂川，有女娃找你哩。"李果这才想到，李茂川是自己刚来西安那会儿去一位同乡家里吃糊涂面遇上的，只是遇见之后再无联系，李果很感动"李茂川老师"却把她记住了，还记住了她会弹古琴。

一张张脸看过去，李果差不多确定自己是仅有的几个年轻人中的一个。李茂川是活动的组织者，也是聚会的主持人,聚会快要开始的时候,年轻的道长进来,走在年轻道长身边的是家乡最著名的名人，一个中国人差不多都知道他的名人。

李果眼前生辉。道长讲话，名人讲话，之后是各人自我介绍。临到李果向大家介绍的时候，李果说，我是李果，我一会儿要给乡党老师演奏古琴。李果在一片笑声中羞涩坐下。

好不容易等到演奏环节，演奏的人却多，二胡,独弦琴,埙。唱的人也多,秦腔、家乡迷糊戏,船曲号子。终于临到李果，李果抱着琴飘然上台。只要怀中有琴,眼前有琴，弦在指尖，李果就是一个“人来疯”。这是李果她妈对李果的评价。李果离家独自闯荡西安城的时候，李果他爸不放心，但李果她妈支持李果，李果妈对李果爸说：琴在，李果就有护身符。

琴是好琴。一家人两年省吃俭用，换来这把琴。

制琴者听李果试琴后，说这把琴就是给李果的。

现在李果用这把琴演奏《忆故人》。

闹哄哄的场面在李果第一声琴音起中落静。李果站起，再坐下。李果坐着，手按琴弦，凝然不动。场面静下来，琴声起，再无人说话。琴声起落，荡出波如水，荡涤着这个长方形的屋子，屋子里的人其实是多了，多而杂，拥挤，气息也杂。那琴之波艰难冲突，要荡出合适的韵与律，长与短，要把松散聚起来，再把紧巴震松，把场面上热烘烘的味道熏清明。只听见李果的手指在琴弦上的擦动声、涩涩的摩擦声，却又带着水一般的润，时出时没，如风起，有浪涌，却又寂灭于无。最后一缕琴音消匿，众人梦醒般，掌声如瀑响起。

李果确信这是自己来西安至今最精彩的一场演奏，她感念李茂川是一个热情的好人，他在李果演奏后把李果带到道长和名人跟前，李果得到他们当面的鼓励，说再有合适的场合一定请李果出演，夸赞李果的琴弹得真是个好。

李果在热闹中悄悄走出了八仙宫，她抱着琴出来，忽然闻见一股腊梅香气，真是沁人心脾，李果觅香寻梅，看见后院一棵巨大的梅树，梅花开过院墙，梅树的后面半掩着一扇门。从门里出来，小径蜿蜒，竹影婆娑，李果顺着小路，竟然一直走到自己下午来时穿过的那条小巷。

李果把抱着的琴背上，迈开步子走。

忽然眼睫一湿，下雪了。李果抬头，看见大片雪花纷纷降落。

西安下雨的日子都叫李果喜欢，何况今天下雪，真叫人欢喜啊。李果背着琴，在飘飘大雪中往回走，她要去寻就近的站牌 203 公交车。

《小说月刊》2017·7 期

冬至

福德老汉是在冬至过世的，立冬一过，他的哮喘就犯了，说来也是老毛病，每年天一冷就犯，天一回暖，自然减轻。哮喘是年轻时候挑担走四川落下的，福德老汉总这么说，但他老伴鹤庆不这样想，她笑话福德老汉是怕死不服老。人老了，病自然来，你都八十了，还想再活八十？像你现在这样，耳背，多喊几声也能听清白，眼老花，多瞅几眼也辨得准人，能吃得下面，也啃得动饼，能睡得去，醒得来，要谢天谢地啦。

豁达的鹤庆真的是寿终正寝，一觉不醒去了。这是三年前。

鹤庆去了，福德老汉说自己的福气被鹤庆带进坟里了。他爱吃一辈子的南瓜洋芋糊糊面，现在没人能给他做出来，他爱吃的细玉米面锅贴没人能做出来，酥烂的含在嘴里听得见吱吱响声的红烧肉也没人能做得出来，一大早醒来就要喝的罐罐茶一辈子虽是福德老汉熬，现在似乎也没以前香醇好喝了，想来是没有鹤庆分享的缘故。

福德说自己名字里有个福字，现在知道福是和鹤庆系在一起的，以前听鹤庆议论生死，却从未想过自己会死在鹤庆后头，本来他就比鹤庆大。现在鹤庆去了，留一个孤独的自己在人世上是艰难的，他除了会熬制罐罐茶，厨房的事情一概不懂，不懂更不动，油瓶子倒了会不会扶起还说不定。鹤庆死了，鹤庆的许多话福德现在倒常常想起来，以前她活着，她说话他基本是听不见的。

扶起来我也不会用油炒出好吃的菜，福德老汉嘟囔。一个人活到了八十岁，活着这件事就简化成了一日三餐，而现在这一日三餐，也似乎变得像个大工程一样艰巨。

福德和鹤庆年轻时生养过一个儿子。后来儿子没了。他们也没能再生养，福德说祖宗这一脉到他这里断了，好在福德有个小两岁的弟，弟和弟媳去世早，儿女却丰盈，现在，来空寂寂的东院走动的，就是西院弟和弟媳家的连顺媳妇的脚步声。连顺随建筑队去青海修路，几年在这里，几年在那里，都是修路。每回过年连顺提着礼物来看他和鹤庆的时候，福德都会说，铺路架桥，积德行功哩。

福德喜欢连顺，连顺话不多，连他这个媳妇也是话不多，一辈子未说话先笑，乐意不乐意从来都没见大声说过不字。这样的媳妇真是打着灯笼难找。

连顺媳妇进来的声音福德没听见，福德说，你进来的声音我咋每回听不见。

那我往后脚踩地踩重点。连顺媳妇笑一笑。

下次再端了饭碗进来，福德还是会说，你踩地可用力啦，我咋听不见？

你老耳背！连顺媳妇大声喊。把脚在地上跺，问福德老汉，听见了没？

福德老汉呵呵笑，看见你跺脚，听不见响。

连顺媳妇也笑，老小老小，老了咋都成孩子了。

孩子，一儿一女都在城里，打工的，陪孩子读书的，各自忙。倒是她显得闲，如果身体不出问题，日子似乎是好过的日子，吃饱容易，穿暖也容易。只是日子里咋就没个心劲呢。这样的想法连顺媳妇偶尔有，她看着屋后的小树林偶尔发一会儿呆，那里有公公的坟、婆婆的坟，婶子的坟，将来也会有她的坟、连顺的坟。她坚持清明冬至都要去坟地化纸钱，她喜欢买黄表纸，回来用真的人民币，十块的，二十块的，五十块的，尽量用十块二十块的，有时候也用五块的，一张一张在黄表纸上认真地拓印，用木板子嗒嗒拍出闷闷的声响，她想使每一张黄表纸上都烙上真钱印子。她不用一百元的纸币，觉得那会给老人添麻烦，老人本来吝惜舍不得花钱，你给他大票子，他花不出去，更舍不得了。连顺媳妇不喜欢买假币，那是对逝者不恭，即便另一个世界，也不能使假耍滑。

清明吊子洁白地挂在青枝绿叶间的感觉让她觉得生死没那么分明的界限，冬至上坟时点燃几枝香，印过钱印子的黄表纸燃出的味道混在松柏的香气里，都让她心里安静。以前丈夫儿子都在家的时候，上坟是不要她这个女人出面的，现在丈夫儿子不在家，她毫不迟疑地担当了上坟的责任，只在除夕夜里，她看着丈夫儿子去坟地才自觉隐退，让他们走在她前面。

眼前她要每日三餐伺候的老人其实根本不构成她

的负担，她给自己做饭，添一瓢水，就把老人的饭也顺带做出来了。以前婶子健在的时候，做饭还轮不上她，婶子麻利干净了一辈子，甚至连去世都麻利干净，这是咋修行来的？而她的婆婆和公公，去世前一个在床上躺了一年，另一个进出医院半年——受了些罪。

她发现老人这几天吃的越发少，她担心是饭菜不和他的胃口，到该做饭的时候就大声喊话，问老人想吃什么，老人抬起头，很认真地看她，直到她问他三遍五遍，还是那句她早知道的答案，吃啥都没滋味，你想吃啥做啥。

连顺媳妇往自己屋里走的时候心里没主意，她真盼老人能给她提个要求，他说了，她一定满足。这天在问过老人后，连顺媳妇做了素馅饺子，她看见冬阳下蒙在塑料薄膜里的韭菜鲜嫩嫩的，就决定做韭菜鸡蛋的饺子，加半个土豆泥在里面，糯糯的，软软的，好吃。

饺子端给福德，福德吃了几个，就不吃了，连顺媳妇看着有一瞬间的伤心，她想不吃就是不行了的意思。她去接碗筷，福德忽然看着连顺媳妇，问，你叫啥名字？问得连顺媳妇有点摸不着头脑，她有点发愣，她当然有名字，只是孩子们不可能叫她的名字，孩子的爸永远和她白搭话，从来不唤她名字，村里同辈人，以及长辈，总叫她连顺媳妇，难怪老人要问她名字了。连顺媳妇说自己的名字还是有点羞涩，但她还是大声说了，她说伯呀，我叫存珍。

"存珍"的声音一出，像是带着一股光焰，从院子的这边飞往那边，于是，院墙边的竹林发出一串飒飒的竹叶摇动的声音。

这个傍晚，存珍去问福德老汉想吃什么她好去做的时候本来是不报得到答案的心思的，但她意外得到了答案，福德老汉说他要吃荷包蛋，要吃三个荷包蛋，他拃着手指，清楚地表示"三"的意思。于是，存珍去煮了五个荷包蛋，福德三个，她两个。

第二天，福德老汉死了。

像鹤庆婶子一样，寿终正寝。

存珍在发现福德老汉没了气息的第一时间给老汉穿好寿衣，她走出屋子，看见一群麻雀从竹林里呼啦一声飞起来，越过院墙飞向蓝天，想，这个院子从此变成实心子的空寂了。她把脚大声在地上跺，说，伯呀，你老听见了吧？

《延河》2016·3期

惊蛰

春江水暖鸭先知。岸上的春天，定是猫先知道的。猫第一次叫春的时候和暖在心里笑话猫：真不知羞，几天的猫娃，就知道叫春了！

猫是秋天赭石从江北外婆家抱来的，抱来时猫刚满月，赭石说猫是老二，猫妈头胎生，共生了仨。“头虎二豹三猫四鼠”，这猫英武呢，就叫豹子算了！和暖就“豹子”“豹子”地唤猫，猫从蒿窝窝里抬起黑亮的脑袋，黑眸子盯住和暖的眼睛，赞叹一般地叫：“妙”！

相见欢。猫与和暖似乎都很满意对方。

现在，这个家的成员是赭石、和暖，叫豹子的猫，和叫大白、二白、三白的三只鸭子。

转年的春天，赭石沿着门前那条弯弯的、开满黄的油菜花紫的苜蓿花的花间小径走了。和暖看扛着背包行囊的赭石走在花径上，心里忽然涌上难于言说的惆怅。她知道赭石要走到汉江边，过江，再等一趟长途车载了他到火车站，再坐上火车，到那个叫康城的地方，去那里的一个建筑队当工人。

赭石只让和暖送他到家门口。赭石说，这样我就能记住你站在咱家门口等我的样子了，和暖。两人间的话，赭石总是说得软软的柔柔的，赭石的话和暖总是爱听的，这也是她在一大堆求婚的男人中单挑了赭石的理由吧。

“咱们的好日子刚开始，晚一年再出去，行不？”和暖问赭石。

“迟早要出去的。年轻人都出去的。”赭石说。

“趁现在还没孩儿，攒点钱，等咱有了孩儿，我就不出去了。”赭石还说。

和暖想也对。蓝水河那些外出打工的年轻人都把孩子托给老人看管，而她和赭石的父母都不在世上了。

和暖出神的功夫就看见赭石的身子在一个转弯处一晃，不见了。和暖一阵心跳、一阵心慌，然后脑子里空空的、心里空空的。和暖又在柑子树下站了吃完一碗饭的工夫，知道站在那里再也看不见赭石，就退回到院子里。和暖要给自己找点活儿干，来止住突然空出来的这片空虚，使这空虚不再延展，毕竟她的空虚是有甜美的企盼来填补的，毕竟她和赭石共撑的这些日子是她想要的好日子呢。

大白二白三白在傍晚自觉归来，今天它们似乎也知道男主人外出不在家，没让女主人费一星唾沫就乖乖进了鸭棚。猫更是乖觉，猫在夜里该熄灯的时候跳上床尾，看了看和暖的脸色，见女主人没有喝斥自己的意思，就心安理得地把身子安置在那里了。和暖在夜里醒来，听着猫细细的呼吸声，感觉着脚底被猫身压着的分量，和暖会故意蹬一下腿，把猫蹬醒。偶尔月光入窗的夜晚，和暖看见月光在猫的黑毛衣上照出一片粼粼波光，禁不住在心里感叹一声：真是只俊猫啊。

现在，赭石走时开花的油菜结了饱满的籽，被和暖收获了、归仓了。在麦鸟一声紧似一声的叫唤声里，后坡的小麦也晒到院场上了。忙着收获的和暖除了干活、喂饱自己和猫鸭，就是把充满疲惫的身子再歇息过来，而一旦身体像吸足了水分的植物那样饱满舒展的时候，和暖会那么深那么狠地想念赭石。

日子如庄稼地，种下什么，随后是穿越季节的等待和盼望，等待生长，盼望收获。当风把后坡上的槲树叶吹红了的时候赭石还没有回来。和暖知道自己还要再等过一个季节，赭石回来会是临近年关。一年回来一次，蓝水河外出的人总这样，就像候鸟。

和暖在冬至那天开始给赭石做鞋，和暖以往没有做鞋的经验，她和赭石的鞋都是赶集时在蓝水镇上的商店买来的。

但是这个冬天，和暖那么渴望给赭石做一双鞋，她依赭石的一双旧鞋剪出鞋样，她要全部手工做一双布鞋给赭石。和暖坐在炕上给赭石纳鞋，把她的想念密密缝进针脚。她算计好了，无论多精细的手工，中间有多少耽搁，鞋都会在腊月赶在赭石归来时做好。她要让带着自己手上温度的柔软的布鞋去体贴赭石那双攀高走低的脚。

一天早上醒来，和暖发现下雪了。下雪是蓝水河的冬天罕见的，但是接下来雪天天下，一下就是很多天。这真是稀罕！和暖最初看见雪的欢喜慢慢变成了担忧，她担心大雪会阻隔赭石归来。那些天和暖天天看电视里的天气预报，得知康城也在下雪，和暖就忧愁就睡不着觉。康城的天气时好时坏，和暖的心情也时好时坏。尤其是做梦梦见赭石被堵在路上、前不着村后不着店的时候，和暖就会从梦中惊醒，醒了，就想赭石在外奔波，吃了很多的苦，自己没法分担，就自责、就落泪。

这个夜晚，和暖再次从梦中惊醒。伸腿蹬脚下的猫，发现猫不在。猫去哪里了？和暖从枕上抬头，同时隐约听见院墙上有响动，心上一惊，正疑虑间，就听见一声急促的猫叫，叫声惊得和暖在枕头上哆嗦了一下。猫分明是在叫春了，和先一次比，猫的叫声简直算嚎。

和暖慢慢推开木格方窗，想要唤猫回来，刚把一扇窗推开，猫冲着身后的灯光更大地嚎了一声。没等和暖喊出声，一道黑亮的光一闪，猫跳上了墙，在墙头稍作停留，随即翻身到墙那边去了。

和暖呆了一呆，就看清雪花，纷纷扬扬的雪花，在窗口泄出的那片光亮里，纷乱地舞。

《小小说选刊》2011·21期

豹子和小白

和暖梦见丈夫赭石被积雪堵在半途，前不着村，后不着店，却被一声响动惊飞了梦境。枕上清醒，想到是猫。猫跑出去了。和暖伸腿蹬试脚下，确定猫不在床角。“豹子。”和暖喊猫，却只有风吹动窗外竹叶的细弱声息。

猫发情是在前几天，刚开始的时候叫唤得细声细气，似乎有点羞涩。这两天简直有点不管不顾了，躺在地上，难受得蹭腮帮子，跑到院子里的每一棵树后滋尿。

和暖看着猫，想到了隔壁朱奶奶以及朱奶奶的猫小白。那可是只稳静的猫。和暖一边思索，一边向朱奶奶那边去，她要讨教朱奶奶，可有让猫安静的方子。

和暖走进朱奶奶大门，见朱奶奶正蹲在院子中间，在一面大铝盆中清洗一副猪心肺。朱奶奶动作细致，仿佛生怕哪个动作不到位会弄疼那副猪心肺，和暖站在那里联想，年轻时候的朱奶奶绣花，大概也是这么细腻。

小强快回来啦？和暖细声问，蹲下。看朱奶奶抬起那只拿软毛刷的右手擦眼睛：说是过五天到家。朱奶奶抬眼看天，天空是浅浅的蓝。和暖留心到朱奶奶的眼睛，幽暗深邃，黑眼眸清晰明亮，只是那里全无表情，更是从无笑意。那样的眼神给人错觉，仿佛眼前的朱奶奶不是 73 岁。

朱奶奶 20 岁嫁给长她 10 岁的朱爷爷，两年后朱爷爷死了，留下朱奶奶一个人住在这个院子里。一个人的朱奶奶把自己活成漩涡镇上的神话，有人议论，若是还兴立贞节牌坊，定有朱奶奶一个，只是旧的牌坊都积满了雀儿粪。朱奶奶那看不见的牌坊立在漩涡镇的某处，立在人心里，想看的人抬头低头都能见到。这样也过了51年。

20年前，朱奶奶在大门外捡起襁褓中沉睡的小强，她看田野白雪如被覆盖大地山梁，覆盖村庄和森林，冬小麦在白雪的被子下沉睡。朱奶奶把孩子抱在怀里的一瞬间孩子醒了，小嘴巴扭捏捕捉，却不哭，使朱奶奶心生柔情。她抱紧那个襁褓，退回到院子，把大门在身后关紧。

朱奶奶给孩子起名小强，把小强当儿子又当孙子地养起来。小强长得宽肩细腰，天庭饱满，有模有样。早先，朱奶奶看小强的脸，总要把村子里她见过的每个男人的脸在脑子里过一遍在心里端详一番，幻想小强的脸会和哪张脸重合，到头来朱奶奶还是未能得到一点启示。朱奶奶信佛，就把小强当成佛祖的恩赐，自此心生安妥。只是这小强一味贪玩，不爱学习，勉强到高中毕业，过了十九岁，就随外出的建筑队东莞打工去了。

和暖从朱奶奶那里得知小强是第五天到家，梦见丈夫赭石堵在半路的焦虑有一半落了地，一半还挂在胸口。她蹲在朱奶奶对面，看见朱奶奶总算对猪心肺的干净程度感到满意，站起来，把嘀嗒着明亮水珠的猪心肺挂到落净了叶子的石榴树枝上，才再次开口说话。

和暖说，猫……“猫”字刚出口，猛见朱奶奶的猫小白正蹲在石榴树后，看着树枝上嘀嗒着水珠的猪心肺出神。猫的表情让和暖无端联想到人，和暖听人说过朱奶奶的猫，活成精了，总不死，那么大年纪的猫，真是世上少有。和暖嫁到漩涡镇，第一次到隔壁朱奶奶家拜门，猫给和暖的印象就叫她诧异，猛看年轻，再看却老态龙钟，或者完全可以反过来说。总之这是只叫人心情恍惚的猫。让人看着猫的时候不由得发呆。

朱奶奶看和暖看猫，就说，不操心，小白不抢小强的吃食。小白像是听懂了朱奶奶的话，“喵”地一声应。猫的一声“喵”还没消失，和暖和朱奶奶同时看见和暖家的豹子“噌”地从朱奶奶大门边蹿过去，简直就像一道闪电。蹲着的小白立即弓起身，像是对那道闪电致意。

和暖猛不丁想，豹子夜里翻墙而过，是找朱奶奶的小白？和暖和朱奶奶同时看见小白正站在大门边，向豹子逃去的方向张望。小白的眼神此刻火星子一般明亮，小白的神情是羞涩甚至无邪的。小白在豹子刚刚停留过的地方一寸寸地闻嗅，像是要把豹子掉在地上的气味一点点捡拾起来。和暖和朱奶奶看着这样的小白，目瞪口呆。

和暖站在自家院子的时候，才想起忘了问朱奶奶让猫安静的法子了。

再一夜，和暖再次听见墙头响起豹子急促的叫声，惊得和暖在枕头上哆嗦了一下，豹子在嚎。猫的嚎叫里有种贪婪，有种绝望。

和暖想要走到窗前呼唤猫，她要用一条腌鱼安抚豹子，但她的一只脚还没探进鞋里，猫就跳过院墙，“噗”的一声，跌进一墙之隔的朱奶奶的院儿里去了。

朱奶奶的院子立即就响起了豹子的呼唤声。

猫的叫唤声里，朱奶奶拉亮了电灯，她看见白天仔细清洗出的猪心肺亮爽地悬在墙上。她算计过了，五天之后，这猪心肺会有种风干味道，把这点风干味道和了绿豆、红藕和芋头炖，是小强最欢喜的吃食。

听着和暖家的猫在门外叫，朱奶奶在心里笑了一下：你够不着，够不着的。

朱奶奶当然也想到了她的小白，有那么一瞬，朱奶奶的心思停顿在小白和豹子身上，但她还是把头安稳地陷进枕头，她没有听见小白的一丝声响。朱奶奶想，小白大概在某个地方，正为自己白天在豹子那里的表现纳闷哩。

小白胆小，小白你就是只稳静的猫。朱奶奶进入睡眠的昏黑，这是滞留在她意识中的稀薄影像。

《小说月刊》2015·12期

柠 檬

这样的天气死的心思都有。敏之站在窗前嘟哝，窗玻璃映出她那张无表情的脸，就算这样，她身后的阿度也无所见。敏之似乎也不说给阿度听，不期待获得某种同情。

现在是一月，早八点已过，天依然昏黑，从敏之站立的窗口望出去，那些或高或低的建筑物影影绰绰，散发出莫名的废墟的气息。气象预报说今天有霾，重度污染。这样说的时候气象预报员也面无表情。

你总爱说死。阿度说。他的语气听不出不悦，更听不出喜悦。阿度的语气也无表情。

不知从哪天开始，两人似乎同时从用力过猛的对峙中撤退。这之后的日子似乎松了口气，他们就在这种松弛的状态里一泻千里，再也找不回旧时模样。但旧时模样，谁说过要找回了?

他们之间相距千里，这是他们心灵撤退之前很长一段日子身处的现实距离。之所以每隔一月或者两月，就要穿越千里见面，是因为他们之间存在着一个共同的儿子。

他说，儿子是他的命，她说，儿子是她的命。把两人的话联系在一起，你会想象他们两个人像是共用着一个心脏，却彼此倦怠的连体人。

这样的两个人，就算再多些倦怠，又能大踏步地撤退，从彼此的生活中消失吗?

在一起，两人会像对待来客那样，保持礼节上的客套和必须有的隐忍。

敏之把“隐忍”抿进嘴唇,从一种状态里挣脱出来,裹紧袍子冲出卧室冲进洗手间。

她听见阿度在身后“哈哈”了几声,她来不及用心考量阿度“哈哈”的本意,她只确信他不是开心。

她想象他就是一个拳击手,在要上场或者战胜了对手的时候需要这么“哈哈”两声。不,敏之立即否定自己,他们之间的情景和拳击手的情景相似吗?

但是这个早上,在阿度终于能够完成任务般地从敏之身上撤退的时候,敏之倒是心中有了一个联想,她联想到一个力士和一个小男孩较量臂力。

哈!她听见心中的一声笑,她没有给时间使这笑蔓延,就立即爬起来。

如果阿度不起来,那她就一定得起来。这是肯定的。于是敏之就站在了窗前,就发出了那一声“死的心思都有”这样无趣的话。

两人的短暂对话之后敏之说她要出去，顺带把做午饭的一些菜买回来，之后她就穿戴整齐地出了门。

裹紧衣服，从公寓楼低低的门洞走出来，被外面清凉的风一吹，敏之不由更紧地缩紧身体。

有一瞬她觉得自己就像那枚忘在冰箱角落的柠檬，半缩水的、冷的、硬巴巴的。

急切地出门，只为了躲避。午饭前即使她不出门，冰箱里的食材也足够她做出丰盛午餐，但她必须找个离开的借口。

外面霾高万丈，空气像用淘米水洗过菠菜之后的颜色，敏之想要拒绝呼吸，但她如何能够拒绝？

她浅浅地吸气，滞留在鼻腔的空气却总在提醒她那份黏稠。她努力控制自己不去挖鼻孔，她的手伸到鼻子跟前，又被她强行按压进大衣的口袋里。

红灯暗淡，像鬼之眼。敏之随黑压压的人群走，随人群站定，跟在人群里等绿灯亮。

有一瞬间，她捕捉到了心中的愿望，如果能找到一汪温水跳进去，是不是可以有顺畅点的呼吸使这身体里的拥堵感消失呢？

但拥堵感堵在身体里，让站立在路口的敏之感觉自己的两条腿，一长一短。

从腿的感觉敏之无端地联想到中世纪的女人，在和男人做爱时，为了不怀孕，就把一枚柠檬塞进身体里。

以前看到这样的文字敏之惊诧到坐正身体，这一刻，她分明觉得自己的身体里正塞着一枚柠檬。

她想要跳起来对抗那枚柠檬，但她却坐在了地上。

有那么一刻，她想要这样不顾不管地坐着，但是她不得不起来了，因为一个少年向她俯下他的肩、他的脸，使她不得不抬起头来，做出一个要站起来的姿势。

少年的一只手插进了她的腋下，隔着柔软的衣服，他感觉到他手的形状，以及温度。

她抬头，就和他迷蒙着雏菊味道的眼神相遇了。

他似乎是鼓励她站起来的，于是她站了起来，他一直把手插在她的腋下。

直到他们相携着走过马路，直到把她送到如河的马路对岸，他才放开她。

他一步一回头地走了，留下她站在原地，看上去有点呆，有点仓皇，有点凌乱。

等她站在不久前离开的门洞下的那刻，她才彻底地清醒过来，她呆了一呆，只好向楼上走。

阿度现在坐在沙发上，在看电视，见她此刻空着手回来，也根本不问。

敏之在门廊处脱掉鞋子，把衣服和围巾放在玄关边的小桌上，但是，阿度忽然叫起来了。

阿度分明在哈哈大笑，笑声差点把敏之惊吓到地板上，但他的话平淡无奇，他说，你看你的包，你遇见贼了吧？

敏之低头看手上，手提包上细细的袢带整齐地从中间断开，包的开口处怪异地裂开着。

这让她回忆起遥远的少女时代，第一次穿裙子的那个下午，她回家后看见裙子的拉链大大裂开时所表现的震惊和错愕，和此刻的心情那么相似。

42 岁的敏之脸上是 30 年前的那个少女的表情，要多吃惊有多吃惊，要多遗憾有多遗憾，要多羞愧有多羞愧。

眼泪在敏之的眼睛里打转，但她把它们隐忍进去了。她只感到身体里的拥堵又上升了一截。

《小说月刊》2015.4 期

启封推磨

芒种前后，地里的麦子将熟未熟，一片黄，一片绿，堆锦叠绣一般。就说黄吧，有些黄显嫩，有些又泛出点白，有些好像要焦了，有火苗的味道，难以用一个黄字形容。绿呢，说绿也不准确，乍一看是绿，再看浮层烟灰，那是“麦子尚未熟透，不到收割时候”的提醒。田地深处也还有绿，葱的绿，蒜苗的绿，洋芋紫苏藿香的绿，夹杂在即将成熟的麦田里。

等待收割麦子也就一两晌，也有人不等，收了算了。

但今年，启封愿意等待每一穗麦子成熟。因为收割了这茬麦子，这块地就要用来建厂子了。

等待麦子成熟的时间,启封不闲,他有别的事情做。

一晌等待，他就能做成这一件，洗磨子。

洗磨子干啥？力气没处使你在树下乘会儿凉。菊花说，谁还磨面？

我们家磨。启封不紧不慢地说。

不磨。费力。

启封不听菊花的。磨子他自己就会洗,又不用请谁。

磨子一直在老地方，近二十年不用，磨道也因无人脚踩而消逝无痕。磨子在核桃树下，正因为在核桃树下，才没被挪移，虽然磨道消失，在一片连草都没长出来的光地上。

磨子、磨盘上落满了雀儿粪。从前磨子用得勤，磨眼吃进玉米麦子豆子，磨子的牙齿被粮食磨钝，现在是被空空的空气和时间，泡秃了。

洗磨子的工具，启封一下子找出来，使菊花大吃一惊。菊花打量启封手里厚厚的布包，仿佛发现一个新的启封。你记性真好，能一下找出来？菊花对启封另眼相看。

启封在屋阶上抖一抖布包，灰尘纷纷落下，露出布的灰色。打开麻绳，展开布包，洗磨子的钎子亮出来，锤子亮出来。

那你可是要先磨你的钎子了。菊花本想要调侃启封。启封回答得却很正面，当然，要磨的。

启封将钎子用粗砂纸粗粗地打几下，再在砥石上细细砥砺，这就好了。

光是洗磨子上的雀儿粪，启封就用了三桶清水。清白的磨盘水淋淋的，阳光投下核桃树的树荫在上面，成了一幅图画。

把上磨扇卸下来，摊开放着。启封趁这个时间去泡了杯茶，再回来的时候，手上除了茶杯，还有马扎。

再离开，再回来。一个小盆子，半盆清水。开始吧。

钎子舞动如击鼓，钦钦钉钉凿凿擦擦，一系列复杂的难以描述的声音。那些被从前的粮食、漫长等待的岁月磨平变浅变模糊了的一道道凹槽被清理出来，不深不浅、不厚不薄。既要推磨不费力，又要确保豆子、麦子、玉米不落入磨缝。这就是洗磨子的功夫和讲究。两扇磨子又合到一起，空空的磨腔里，那从前研磨面粉、米粉的欢快声音似乎又回来了。

磨子凿好，启封一口气把那杯茶灌进肚子。

麦子是在三天后开镰的，割完一片黄的，另一片就黄了。麦子地零散小片，机器使不上，至今割麦子都靠人力，因此菊花倒愿意地被征用，往后每年分红利，她才不像启封，心思多。最后一年了，启封的折腾转眼即成过往，她也不用太计较。

抢着撵着，麦子收完了，头几天晒下的麦粒也干了。

这个早上，启封又一大早地喊菊花，说赶紧起来收拾新麦子，用刚洗出来的磨子磨一盘新麦子面粉，中午擀新面吃。

新面不如陈面筋道，以前是粮食跟不上才等新面下锅，现在赶那个干啥。菊花嘟哝。

不筋道就不筋道，麦味道重。

磨面。先淘麦子，刚晒干，又被水浸湿，好在这两天天气极好，晒出来的第一批麦子又在院子里，不脏，菊花就用一块湿布沾沾麦子，使麦子带点儿水汽，开始磨面。

启封磨面，推磨，上麦子，不让菊花搭手。

他听见磨子空空地发出空转声，之后沉了稳了，发出饱含着粮食的闷声，启封觉得那就是饥饿的嘴巴逮住了白馒头之后的反应，他看见麦子嗜嗜沿着磨缝雨滴一般淋下来，心里畅快，直到看见雪白的面尖尖堆在磨席上。启封大声地吞咽着口水，似乎听见身体深处的辘辘叫声。他有好久没觉得麦子好吃、面香了。

启封不知道自己抱着磨棍转了多少圈，他就是不让菊花搭手，仿佛菊花的参与会减少他磨面的快感。

启封问站在边上看热闹的菊花，磨道上他是否踩出了一圈子脚印？

菊花说，模糊不清，地空了这么多年，太硬。

你再看看。启封不甘心，叮咛菊花仔细看。

菊花甚是不屑地说，赶上今年收割了麦子，不用像往年赶撵着种水稻，难得歇息，你却自找折腾。

你就是个闲不住的命。

《小小说选刊》2016·23期

沉　船

刘一做梦也不曾想，那艘他打小听说，缥缈如传说的沉船会被自己发现。

压着猛烈心跳爬进船舱，他得到偶然发现给予的慷慨馈赠，一舱基本完好、堆放有致的古代瓷器。压着兴奋、压着一刹浮上心头的种种联想和贪念，刘一复归理性，现实告诉他，他必须若无其事地回到海面。

海湾在这一带出奇的平静，这样的地方怎能有沉船！刘一回望身后海滩那仅有的几片礁石，恍惚梦中。

真是偶然。如果不是割砗磲的刀跌进石缝，如果刘一看不见刀子的去向方位，他就不会试图去捡，他就不会进入另一片海礁，就不会有惊人发现。

面对新发现，刘一想到第一个能分享秘密的人是刘二。刘二水性好过刘一，和刘二做搭档，进入沉船，搜寻沉船中的物件，那是再好再合适不过的。

但是，这个念头诞生便即刻消亡。怎能和刘二分享？是的，刘二是最好的朋友，但几十年过去，他总比刘二差那么一点。论相貌，两人伯仲；论家世，都是世代渔民；就连两人娶妻都是同一年，生儿子也是同一年。不是很相似吗？但刘一就是觉得刘二比自己多了些什么。多出的是什么呢？刘一在这一瞬间明白，刘二眼睛里的某种光，正是自己缺少的。是的，是刘二眼里的光把刘一比下去了。现在，发现沉船的不是他刘一吗？他刘一眼看就是一个需要藏着光亮的人了。

刘一第一次发现，自从知道海水下面、礁石之间横着一艘沉船，连这海岸上沉落的夕阳，夕阳照耀海水的辉煌都格外有了诗意，恍若人生第一次所见。

刘一决定避开一切人，连妻子儿子都不让知道。决心一个人保守秘密的刘一从沉船里取出物件就十分谨慎小心。接下来，他要找一个合适的理由，去城里，那里有个占着三层楼的巨大古玩市场，他要把他的东西当成祖传宝贝出售掉。刘一从来不和同一个人做生意两次。守着秘密的刘一感到，一个人守着秘密是幸福的，也是辛苦的。

一夜，刘一看见沉船明晃晃摆在海滩上，被万人瞻仰，沉船里空无一物，刘一号叫着醒来，警觉是梦。窗外月光皎白，刘一感到一阵虚脱，又一阵释然。刘一想，沉船就好比自家开了个店，流水一般的钱财，这不好吗？家有万贯不如一个小店。刘一想着，心又宽了半里地，觉得窗外海水涨潮的声音是那么好听。

沉船刘一不能常去，就算他想念沉船里的东西发疯，他也要提醒自己慎重、稳妥，没有稳妥保证，他根本不能下海，不能从沉船中带回东西，更不能带多的东西上岸，那很危险。有关沉船的一切都是危险的，去古玩市场交易是危险的，交易过后的钱带回家也是危险的，不能正常出现在刘二以及邻居眼前是危险的。但是，千万危险，唯有小心——小心就是了。

就这样，十年过去了，刘一仍然守着他的秘密。儿子顺利考上大学，看来往后是不做渔民了。刘二的儿子也考上了大学，往后也用不着辛苦做渔民了，他们只需要在寒暑假，乐意了回来看看老父亲，看看海。

儿子在第一年暑假回来看上去就像是一个城里人的样子了，他带着个女孩子，女孩子不会游泳，却喜欢海，大呼小叫，在海滩上喊着跑来跑去，常常就跑到那片礁石跟前，刘一看着，若有所思。

刘二的儿子看上去也像个城里人了，也在某个暑假带回来一个姑娘，这个姑娘倒会游泳，女孩在大海里游泳，有时候游出去很远，差不多就要接近沉船的位置了，刘一看着，若有所思。

又五年过去了，刘一、刘二的儿子毕业了，在城里工作了，这个暑假，刘一的儿子回到海边的老家，跟刘一说他决定在城里买房子，结婚，生子，再请父亲搬到城里同住。刘一若有所思。钱他是要帮儿子的，但是他决定不去城里住。他不能去嘛。

一天早上，刘二来找刘一喝酒，刘一和刘二多年不在一起喝酒了，更别说一大早上的。从前年轻的时候他们倒是在一起喝酒，都是出海归来，都是晚上，常常喝醉了，睡在一起。

刘一想到很多年没和刘二喝酒了，就说，刘二，咱哥俩很多年没在一起喝酒了。刘二说，可不，我这才一早找你喝酒哩。

他们喝酒，刘一在盅子的接递间欲言又止，最后要说的换成了“喝酒”。刘二也在盅子的接递间欲言又止，最后也在某个关键处换成一句“喝酒”。喝着喝着，两个人就都不喝了。

刘二离开的时候对刘一说，他恐怕要搬到城里去住，跟儿子同住，儿子要在城里买房子——买大房子。够他住进去的。

说完就走出了刘一的院子，望着刘二的身影，刘一若有所思。

刘一决定去一次沉船，这次他拿走的东西比往常任何一次都要多，他甚至想，这次之后，就不再去沉船了。他想索性搬去城里跟儿子住算了。

刘一下到沉船上，悄莫声息地进出，带走他想带走的东西。

就在刘一即将离开之际，他发现一个黑影子向沉船方向游来，他大吃一惊，赶忙躲开。黑影子几乎是擦着刘一过去的，隔着笨拙的潜水服，他看不清对方的脸孔，只见对方十分熟练地进到沉船中，所幸是和刘一每次进出的方向完全不同的另一边。黑影子是后跃式翻过船尾高高翘起的船帮，让刘一赞叹潜水者的身手了得，水性眼见是比自己高妙。

刘一像一条鲨鱼一样无声离开了。刘一返回到海滩上，若有所思，那个刚才难以辨认的黑影子现在是那么清晰地映上他的心头，催他赶紧打起精神，匆匆离开海滩。

《小说月刊》2017年9期

佛手花

给九婆婆最好的葬礼，就是收集一百个男女婴儿的哭声，来为她送行。

果子沟的人没有止步在这个浪漫的想法中，他们想到就即刻去做。当黑黢黢的送葬队伍跟随新生婴儿此起彼伏的哭声行进时，死亡的阴影暗淡了。

送葬的人偶尔抬头望天，似乎能透过天上薄云，看见九婆婆沧桑的老脸上，展露出有点甜蜜有点羞涩的笑容。

如果你那天恰巧路过果子沟，目睹了那场葬礼，你一定会感到惊讶，也感到欣慰，你会觉得死亡也是件温暖的事情。

不知生，焉知死，说九婆婆的死，得先从她活着的时候说起。

定格在我记忆里的九婆婆的脸，一开始就是老的。她像童话里的“灵人”，从出生到死亡，容颜都不会被时间改变。

在我八岁的那个早上之前，我还不知道九婆婆，尽管她在那个桦树掩映的矮屋里活过了无数日月。

那天早上醒来，我的眼睛莫名的红肿，我艰难看天，天成了一条灰白的窄缝，我娘看了我的眼睛一眼，决绝地抓起我的手，说，去给九婆婆瞧瞧。

第一次，我走近那间矮屋，仿佛此前它并不存在似的，久婆婆枯瘦的手指搭上我的眼睑，掰开我那只红肿的眼睛。

她俯在我眼前的脸，苍白，枯瘦，像是童话中的巫婆，叫我害怕。她的目光盯进我的眼睛深处，像带着火苗子，我感到我的眼底深处一阵刺疼。

九婆婆松开了手，合上我的眼睑，对着我的眼皮吹一口气，对我娘轻描淡写地说，不要紧，回去别吭声，把大门拐角的那张蛛网挑破了，就好了。

我娘拽着我的手退出来，嘴上诺诺地应着。时至今日，我忘了蛛网的事，只记得转天我的眼睛就黑白分明了。一个拥有黑白分明眼睛的少年，哪里还有闲心管别的！

九婆婆再次现身我的生活是一个秋天，隔壁最疼我的二娘要生弟弟了。“弟弟”是奶奶预言的，后来“弟弟”在二娘肚子里转胎成了“妹妹”，使奶奶很不好意思，她无奈地叹息，说九婆婆“滑头”。

按奶奶的说法，九婆婆早都知道是女孩，因为盼孙子心切，奶奶曾两次请教过九婆婆。

九婆婆像个得道高人，说，男孩女孩都是王母娘娘的好孩儿。奶奶说，她竟然天真地幻想过九婆婆的话，以为九婆婆暗示她是双胞胎。

“妹妹”就是九婆婆给接到这个世上的，二娘生孩子，我碰巧赶上，尽管被赶在大门外，但二娘的呼喊声把那个春天果子沟的花朵都震毁了。

提前凋零的花朵暗示我一个道理，出生和死亡是同样可怕的事。

当二娘的嘶喊声弱下去，一声新生儿的哭声嘹亮地响起时，我感到太阳的明亮慢慢来到眼前。

我那时暗下决心，一定要在那个明亮的、馨香的二娘走到我跟前时对她说，再也不准你生孩子了。

我后来真的和二娘说过这话，她笑眯眯地说，不生孩子，那还是女人吗？二娘肯定没听进我的话，因为转年她又生了，是男孩，还是九婆婆为她接生。

这次我看见九婆婆坐在二娘家的苦楝树下，手里端着一个海碗，碗里盛满小土豆一样的荷包蛋。

一个又一个，九婆婆从容享受她得到的馈赠，十分满足，十分安静。使我羡慕无比。

奶奶说，在我们这一代前，果子沟的孩子无一不是经九婆婆的手接到这个世上来的。

传说她接生手艺高超，再难产的孩子，她都有对付他们的高招。而九婆婆给狐狸接生的传说，把她接生的传奇演绎到了最高点。

一个月黑风高的夜晚，九婆婆被一阵急促的敲门声惊醒，来人低低地挑着灯笼，恭请九婆婆出趟门，烦劳为他的主人接生。

接生的召唤在九婆婆那里，就像战士听见号角响，她立即就出门了。走到门外才想到忘了带那个接生的布包，但迎接她的人说，不必带任何东西，家里都准备好了，路途遥远，得烦劳九婆婆坐进轿子里。

接生大半辈子，九婆婆还没坐过轿子，她想不到谁家有这么远，需要坐轿子，看来真是事情急迫。

九婆婆被叮咛要紧闭双眼，之后只感到一阵昏晕，清醒过来已经身在一片明亮灯光中了，向女人双腿间看一眼，九婆婆禁不住喊了声“菩萨”。

据九婆婆事后回忆，那个孩子几乎是在母亲的肚子里劈腿站立的，那能生得下来吗？

接生无数的九婆婆放开手段，她一会儿温柔地顶住婴儿的脚，慢慢向回送，直到婴儿的两只脚平缩回去；她一会儿托住产妇的臀帮助婴儿翻转，直到迷路的孩子找到顺利的出口。

孩子的哭声是九婆婆最大的慰藉，九婆婆从梦境般的虚幻中走出来，迷迷瞪瞪，再次看见那个接她的人挽一个布包出来，千恩万谢地说要送九婆婆回家。

临出门前九婆婆鬼使神差地在那家的大门口按了一个手印。传说后来有好事者一路寻觅九婆婆的手印，竟然真的找到了，但那不是什么大户人家，是一座高坟。

九婆婆打开那个布包，里面是一件做工精良的华丽衣衫，九婆婆一辈子都没穿过那么好的衣服。衣服合身合体，简直就是为九婆婆量身订做的。

转天，九婆婆的门口出现了一朵鲜艳的佛手花。果子沟的人都是善良人，再也没人去找那个手印，而是相信了现实的美好。

很多年过去了。果子沟九婆婆接生过的一代代人，全都接受选择了新生法，产妇临产时，都早早地去医院候着。

有个性急的女人和丈夫吵架后生气回家了，刚到家门口，就哭爹喊娘的要生产，眼看返回医院是来不及了，就这样把自己送到了九婆婆手里。

那时的九婆婆已经非常虚弱，她出门都得坐在一把竹椅上被晚辈抬着去门口晒晒太阳。但这个“来不及”的女人需要九婆婆，因为那个已经要出来的孩子不能退回去了。

九婆婆说她那天是魂魄返照，她竟然能坐起来，还能清醒地嘱咐身边跟过来的儿媳赶紧烧开水，煮剪刀煮盆子煮床单。果子沟有史以来最匆忙的一次接生竟被九婆婆演绎成了最后的一个传奇。

那个被九婆婆接到人世的孩子用响亮的哭声给世界报到，鸣谢九婆婆。九婆婆说，这个孩子是来报答她的，这孩子就是一朵佛手花。

往事沉寂，只有回到故乡，才能回到忆旧的情景里。今年春节回老家，听说我们的九婆婆去逝了。听到消息是除夕夜，冷冷的星光下，恍惚觉得村子的历史折了一角。

在那个折角处，我听说了那场别样的葬礼，使历史呈现感人的暖色。我还听说，在把九婆婆送上山的第四十九天，果子沟的逝者，将再也不能埋进土里，要一律实行火葬。往后，果子沟人的生与死，都彻底和以前不一样了。

说到底，九婆婆是个吉祥的人。

《小说月刊》2014.6 期

智 齿

一觉醒来，庆生看见镜中的半边脸肿了，明光光泛出一层古怪的颜色。他想弄清是哪里出了问题，没有一点征兆，脸就肿成这样。他张嘴，舌头好好的；睁大眼睛，眼睛虽是睡眠严重不足的样子，但似乎和脸没多少牵连，心中越发感到蹊跷。对镜捏脸，硬邦邦的，像是改变了人肉的质地。庆生想，世上的事各有缘故。他回忆近日的生活，想到了妻子，妻子这些日子看他时只用眼睛的余光，这使他心惊，他预感这是大风暴来临前的征兆，便在脑子里细心梳理，确信并没啥事可供妻子追究。他几十年如一日，上班，下班，早出晚归，忙或者不忙，一天都是二十四小时，也常常是八九个小时，他待在家里，吃饭，在沙发上横着或坐着，看电视，或者电视开着，根本没看进去。时间的表针嘀嗒，他的人呢，在时间的漏缝里。

儿子在外地上大学，家里就妻子和他，日子不紧不慢，有某种说不出来的寂静。他在沙发上坐着的时候，妻子多半待在自己的空间，他从来没想过她在做什么，只要他回来，她就去自己的空间，这是他们多年养成的习惯，习惯了，都成自然。夫妻俩都坐在电视前的时间少而又少，偶尔在一起，也因为节目看不到一起，妻子索性起身离开。日子久了，她甚至再无看电视的兴趣。偶尔他回家，看她坐在电视机前，多半是纪录频道，而他一点兴趣也没有。他看电视剧，或者是体育频道。她偶尔在建议他关小电视声音的时候嘲笑他：“这样的节目得发看片费鼓励才坐得住吧。”所以多年来，只要他在沙发上坐着，她就起身离开。他偶尔想挽留她留在长沙发的另一端，就赶紧换台，换到纪录频道，但他看一会儿，就低头玩手机了。不久她离开，他又换回体育或是电视剧频道。

一对结婚三十年的夫妻，还有啥要总结的？但是，这一年半载，代替冷漠的是她对他的莫名的恨意。这当然算他的总结，他感到她看他时只用眼睛余光，这让他很不自在，也逼着他思考。他们很少对视，彼此存在，却不互视，更不交谈。但是，心有多少个拐角、多少个洞窟啊，就算对视，就凭他们现在的能量，也未必能照亮彼此的暗黑与幽深。算了吧，想想都累。

每天穿城来去，堵车或者畅通，都使人疲惫。尽管庆生感到妻子行为异常，也只能这样，他下意识地躲她，希望躲躲就过去了。他某次听同科室老李感叹妻子近日脾气怪，把这归结为女人的更年期，就问老李女人的更年期要多久，老李说："因人而异，有人一年两年，有人五年八年。"庆生就想，但愿妻子是一年半载。

在科级位置上停滞的第十年，庆生就觉得自己不必再在仕途上操心了，他听天由命，在心中对自己说，就这样了，就这样过吧。工作中就那点事，用五天和用五小时，效果是一样的，尽管五小时有点夸张，但他知道得到和付出的关系，就这样吧。

但人活着，总得做点什么，他不敢奢望有外遇，虽然偶尔风吹湖面涟漪起，但他不敢和任何女人下力气用工夫。他知道如果证据某天攥在妻子手中，那他的痛苦一定超出欢乐很多。多年前明白这点后，他索性连外遇的苗头都掐掉，如果他有什么，也真是风来湖面涟漪动，涟漪过去，他还在这早出晚归穿城两次的日子里。

对妻子呢，他觉得他从来都是不理解她的，他偶尔要探究妻子的内心，又被卡在既成的偏见里。比如他想，你是能干，但什么是能干呢？他想，你积极生活，你出人头地那又如何呢？如果深究，庆生其实是为有这样的妻子骄傲的，就像当初他追求她，她总是爱理不理，但是直到某天他们奇迹般结婚，他也是惊喜里有一点不可思议。他想，她怎么就答应和他结婚了呢？他都不确定她到底爱不爱他，但是不爱怎么会答应嫁给他呢？三十年过去了，现在再问这些，恐怕问的动力都没了。

现在就是尽量把时间按自己想象的样子打发掉。既然终生定在科级的职位上，尽管有一份每周用五小时和五天效果相似的工作，尽管妻子沉默而独立，使他无从插手也再无心插手她的内心和日常，对待儿子也只是看着他成长，那他只好用自己的方式打发时光。他炒股，炒了多年，成绩平庸，偶尔小赚，偶尔小亏，实在无从总结。股海也是偶有风来波纹生吧。

就这样吧。庆生对着镜子出神，虽心有疑虑，却也确定这些和脸肿没一点关系，庆生打算今天重视自己一回，于是他想到去求助医生。

他出门，直接打车去了省人民医院。经过询问排队、询问排队、再询问再排队之后，他进了牙科，一个年轻的女医生脸隐在蓝色口罩后对着他的口腔下命令："智齿，还有点坏。拔掉。"

"拔掉。"庆生非常果断地呼应女医生的话。庆生奇怪自己竟然这么感动，女医生的语气让他莫名地生出依赖感。他想，就是她说让他拔掉头，他也不会反抗。

庆生拔了智齿，女医生给他开了药，口服的消炎片，叮嘱他吃一天流食，别用拔牙的那边，最后温和地说："一周就好了。"

庆生这天早早就回家了，他在沙发上熬到傍晚，听见妻子的脚步声响在楼梯口。他竟然生出久违的、罕有与隐秘的幸福感，他是很少听到她回家的脚步声的，因为他总是回家比她晚些。

庆生听见门锁的转动声，他很激动，赶紧把脑袋放在沙发的扶手上，躺平，他明白自己渴望博得妻子同情，温柔待他，用他拔掉智齿的疼痛。

庆生为此一直没开电视，没开灯，他躺在傍晚的幽暗中，在沙发上静静地等候。庆生想，幸好半边脸上的肿没消失，好像比早上还重了点，而拔掉智齿的那个地方，那个突然出现的洞被一团棉花填着，女医生嘱咐，过几小时后取出。

庆生想，等妻子看过之后，他就把棉花团取出来。

庆生在傍晚的幽暗中静静地躺着，内心忐忑。

《微型小说选刊》2017年6期

立　春

按说立春爹早该走开，可他鬼使神差，走开又调转回来，在大门边的柿子树下站定。站住，就听见一声婴儿响亮的哭声，立春爹激动得原地打转，院儿门这当儿猛地拉开，接生婆乌玛拃着两只不待洗干净的双手连声喊：他爹，是个闺女。

立春爹气闷得绕柿子树转圈，无法可想，就掉转身去田里。这是立春爹的毛病，有情绪爱去田里转，于他，似乎能顺气。

立春爹踢脚下麦田，麦田软和，似乎冒着热气；抬头，他看见大群麻雀从地的这头扑棱到那头，“扑棱来扑棱去，天生就是扑棱的命。”立春爹嘟哝过麻雀，猛然看见地畔一树梅花开得惊艳，梅花的香气像清凉的水流，涤荡他的心和眼，似乎那新生儿娇嫩的陌生的哭声重返他的耳畔，使他的气消散、心里生出温软，他立即折身往家里赶。

归来的立春爹想通了，他跟立春娘说，给孩子起名立春吧，她娘看着她爹脸上的喜悦颜色，心里宽松了些，连说，这名字喜气。于是，立春就叫立春了。

到生妹妹立夏，虽然比立夏节气早了三天，也叫了立夏。还是女儿，立春爹说他认命了，往后不会让立春娘再生了，他咧着大嘴笑，你往后尽管开你的花，我还给你授粉。咱不结果果就是。

两个孩子，在立春爹心里，足够了，女儿就女儿。戏里都唱了，“谁说女子不如男”。

是的。立春爹的这句感慨，奠定了立春娘作为一个女人、一个妻子的幸福感，也把某种硬倔宿命般地遗传到了立春的性格里。

现在，立春已过了立春娘生妹妹立夏的年纪，但她依然苗条得像春风中的一枝柳。她腰身壮大的男人五年前就和她生分了，她至今没有孩子。

五年前，立春随丈夫厉槟榔去东莞打工，那个厂子像是在那里等了厉槟榔二十五年，使得二十五岁的厉槟榔像一枚钉子被楔进铁板中，再也拔不出来。但立春讨厌工厂，她抱怨橡胶的气味熏染得她也快成橡胶制品了。她厌食，厌倦与男人亲热，哪怕这样的机会少之又少。那时厉槟榔还没余钱租单人宿舍，他和立春只能偶尔在这里那里得到一个见缝插针的机会亲热一下，立春会厌恶得用拳脚抵抗，嘴里呜呜：连野狗都不如。这话严重伤害了厉槟榔的自尊，一次次，直到了断了他和立春亲热的心思。他彻底变成了一枚钉子，他只知道，流水线上的日子走到月末，他会得到工钱，卡上的一个数字，这是他在遥远的家乡做什么都没法兑换来的。

直到立春不辞而别，返回家乡，他也没有愧疚，他坚信生活就是生活，他不会像立春那样任性，那样抗不得硬。他现在还无力想象未来，他唯一确定的就是他不能回去再种那十几亩山地，面朝黄土背朝天，种了吃、吃了再种的生活不是他的人生了。他和立春的看法迥然不同，厉槟榔喜欢东莞，东莞朝气蓬勃，比那个死了一半的村庄更让他有活着的体会。他说，假如没出来，不知道流水镇之外有个叫东莞的地方，他也许还能在流水镇活下去，现在他知道了，流水镇的日子就是他不再想要过下去的日子，就算立春违拗他，要回流水镇，他也坚决不回去了。一个东莞，一个流水镇，你选择。厉槟榔说。一个流水镇，一个东莞，你选择。立春把厉槟榔的喊话颠倒组合了一下，丢回给了厉槟榔。这之后，他们各自走向自己指认的方向，转眼，五年过去了。

偶尔的，立春想，自己可能太拗了。不喜欢那个橡胶厂，可以换一个嘛，东莞的厂子多过乡下的猪圈，怎的自己就找不到一家合适的？但立春立即就被自己把东莞的厂子和猪圈联想的念头惊到，她想她可能真的不喜欢东莞，那里的热，腊月都能看见苍蝇飞，胳膊脖子总是黏糊糊的。还有，姑娘们到了那里似乎都和在村子里不一样了，她们议论男人时候的大方样子在立春看来是四季不分的热给热糊涂了症状。是的，一个该“藏”的冬天也能露大腿的地方，好吗？

立春的反思现在到了她和厉槟榔。现实检验了他们爱的浓度，他们爱自己都比爱对方多点，立春反过来说服自己，现实里更多的乡村夫妇必须两地分居，是因为女人总要留下来照顾老人孩子伺候土地，那她呢，她和厉槟榔没有孩子，但她选择留在乡村，是照顾自己的感受。

立春一会儿觉得自己有理，一会又觉得气馁。但到底是为了什么呢？她要在门里门外，在天地之间，在田野找到自己的答案。

回来的第一年，立春把邻里撂荒的土地以低廉的价格租过来，用厉槟榔给她的钱；第二年，她用厉槟榔给她的钱承包了更多的地，依然种树。现在那些她能置换回来的地都被她种了树。她雇佣村子里十几个女人帮她维护苗木。第三年的时候，她种的一部分树苗可以卖了，现在是第五年，她依然得到像钉子一样坚守钉子一样实心的厉槟榔给她的钱，她帮厉槟榔把那些钱存进银行，用厉槟榔的名字开账户，未来她还要把厉槟榔以前给她的钱一点点透出来，存到那张银行卡上。她想，那是厉槟榔在那个叫东莞的城市的痕迹，生命的痕迹，一个人来到这个世界上，总是希望留下自己的痕迹的。作为厉槟榔的女人，她能为他做的就是这么点了。

立春这天，立春去她的苗木地查看，她闻见侧柏荡漾的香气似乎比昨天浓郁了许多，让她直感慨老祖宗的确伟大，到了哪个节气就是哪个节气的气象。节气到了立春，真就有东风解冻的意思。

她忽然想到东莞那使她身体如同锈住的橡胶的气味，她再次感觉她比厉槟榔幸福，她在那个午后获得的幸福感使她心生对厉槟榔深深地歉疚和遗憾，那遗憾和歉疚包围着她，她在田地里四处打转，想要做点什么,这个习惯使她想到给她起名立春的爹。东看西看，直到立春有了主意。

立春请来木工师傅，要在侧柏的苗圃地中间给她搭起一个高高的木头棚子，像戏里演的古代小姐的绣楼，她在心里笑，那会是她的绣楼，她要等厉槟榔回来，她要他和她住在这个一年四季都散发着柏树香气的棚屋里。

棚屋盖好那天，立春把她和厉槟榔结婚时的大红锦缎被子和印着牡丹花的床单一并搬上了高台。她还给高台上的木格窗子上贴好了嫣红的窗花花——喜娃娃——女的喜娃娃，男的喜娃娃。

她坐在棚子里自拍，她给厉槟榔发照片、发短信，立春说，厉槟榔呀，我就这样等你归来吧。

《文学港》2015 年 10 期

我们结婚吧

立春昨晚发给厉槟榔的短信泥牛入海，使她气恼，一夜没睡好。

天亮时睡着，却又被惊醒。有人叩大门，铁门环碰得老木板门梆梆梆。立春犹豫要不要去开门。叩击声歇了片刻又起。迟疑又固执，带着怯意又不容拒绝。立春只好去开门。

门口一张陌生的娃娃脸。立春忍着恼意，你是谁？一大早的干啥？

娃娃脸回答，她是半夏，是蒙子将要过门的未婚妻。

立春惊跳起来。昨天听堂弟蒙子说要结婚，她还当是古怪小孩讲笑话逗她呢。难道是真的？十六岁的娃娃结婚？

半夏说她来和立春姐商量借个地方举行婚礼，说蒙子不好意思开口，毕竟是姐刚搭起的新棚屋。

立春的睡意消散，她听明白了，蒙子和半夏要借她和厉槟榔的棚屋举行婚礼。

你倒是会挑，有眼光，也不要脸，我和厉槟榔一天没住，倒给你当洞房？

又不是真当洞房，我们有房子住呢。半夏说她家有三间房，从这里翻一道梁过去就是。是蒙子说不入赘，蒙子说家里除了奶奶，父母一年难得回来一次，宽展。他们只是看这棚屋喜庆，嫣红窗花，大红被子褥子，热闹。这两面坡，一条沟，谁家能做得出？半夏诚心夸赞，保证仪式一结束就回去。

也就是约请几个小伙伴来热闹一下嘛，给我们一个见证和祝福嘛。半夏攀着立春的脖子，姐姐长姐姐短地叫，叫得立春更烦恼，没好气地问，蒙子才十六岁，你也是一小屁孩，你们结婚，父母同意吗？能结婚吗？立春训斥半夏，刹那觉得自己像一个堂姐，叔叔婶子出去打工多年，头几年蒙子小，还回家殷勤点，这几年更少回家了，省钱成了习惯，说再忍耐几年就不出去了；说只要每年放在银行存折上的数字变大，哪怕一点点，日子就是有盼头的。能筹来吃的喝的穿的，家里余钱宽裕，就好了，就行了。

堂弟像野草，有野草的生命力。立春眼见着这个调皮的堂弟长大，但从来没把他当成一个真正的大人，今天冷不丁听说他要结婚，一瞬间心里百般滋味汇聚，她不知道是哪里出了问题。

立春拉着半夏，去找蒙子，谁知道蒙子就在大门外的柿子树下站着，看见立春急火火出来，嬉皮笑脸地说，昨天就给姐姐预报了喜讯。

还喜讯？你爹妈知道吗？你奶同意吗？你不到结婚年龄能领结婚证吗？

先不领结婚证。蒙子冷静的语气让立春吃了一惊。我们两个都是十六岁，等过了十八岁再去领结婚证。两边的父母都是同意的，说两个孩子在一起，互相有个伴，相互照应，也没啥不好。

立春气得在原地转圈。但蒙子和半夏的婚礼还是要举行，就定在正月初六，今年他们的父母都回来过年，正月村里人多，人多热闹。

但是，腊月二十三这天，厉槟榔先回村子里了。他右手大拇指被他热爱的机器吃了，这对厉槟榔确实是个打击，使他一时间无从适应，工厂的赔付倒也利索，工友们说厉槟榔运气好，那几天刚好上面的某个大领导去他们的城市视察，厂子担心职工闹意见，要维稳，那几天伙食都比平常好，厉槟榔的赔付又快又高。

需要休息的厉槟榔只能回到他最想离开的故乡，流水镇。他没有给立春打招呼，他回来了。

立春看着千呼万唤的厉槟榔归来，不知怎么的，心里有一半宽慰，有一半失落。

厉槟榔对蒙子和半夏的婚礼不做评价，似乎谁过怎样的生活完全该个人决定。他对两人借他和立春的棚屋结婚一点不介意，他提醒立春，他们在东莞的时候，不是还糊糊涂涂地和工友们“默契”过吗？谁的妻来了，同舍的人会自觉避让出去，给对方制造亲热的机会。就是给他们住一个月，我也没意见。厉槟榔说。

一脸稚气的两个少年穿着大人般的结婚礼服在立春的棚屋举行了婚礼。他们的婚礼制造了流水镇很久以来都没有过的热闹。这一年过年回家，又还没走的人都参加了蒙子和半夏的婚礼，他们嘻嘻哈哈，欢呼嬉闹，用手机拍照，发微信朋友圈。

谁也没想到这场少年婚礼会一夜间成为网络焦

点。趁着看稀奇顺便旅游的人来了，网络媒体猎奇的来了，无一例外地举着手机，对着手机中的男女主人公对号，看着手机视频中勾着脖子，互相捏弄对方鼻子嬉笑玩闹，头抵头十块二十块数着大家凑来的份子钱，商量着正月过后独留他们自己生活时，是用这些钱买他们爱吃的酸辣粉好，还是方便面更划算。来访者寻寻觅觅，指指点点。

婚礼之后，新娘新郎恢复了平常打扮，现在他们看上去和村中别的留守少年没啥不同。但来访者很快找到新的线索，立春搭起的高木棚屋，多么特别啊，这婚礼上的配角比主角更有现实美，尤其棚屋出现在田野中，平旷处，贴着嫣红花花的窗子，旧报纸糊墙看在他们眼里特别有韵味和乡村情调，总之就是和他们在城里的一切事物都不一样，他们要的不就是个小新鲜吗？于是他们纷纷调转了目标，直奔木屋而去。

于是，立春不久前玩自拍的位置现在是陌生的人、新鲜的脸。

做过蒙子和半夏结婚道具的大红锦缎被子和印着牡丹花的床单在他们的镜头里照样喜气悦目，新鲜有趣。

新事物，新事物。厉槟榔把这些看在眼里，迅速在脑子里倒换思维。

半天后厉槟榔就有了对策。“欢迎登临树屋”的小木牌挂在了树身上。来人在棚子下拍照免费，但要上去，拍屋子里，一律收费二十元。厉槟榔养伤，同时给自己找了个临时工作，他负责向那些上去拍照的人收费，你若还价十元钱，那只能拍窗花花和大红锦缎被子那个角度，二十元呢？那就随意拍了。就是要让他入镜合影，也是可以的。

你大老远来，不沾亲不带故的，出点小钱，你值得，我也有个说头。厉槟榔开导一个对他收费有意见的人。

厉槟榔自觉在城里待的时间长，立春和他比，还是显得乡气，乡气嘛，也包括这不好意思说心里话，放不开。

走一步,看一步,慢慢来,不着急。厉槟榔对自己说。

《2016 年中国小说精选》长江文艺出版社 2017 年 1 月出版

理发师

生活是一张网。韩吉坐在那把只属于他的椅子上，发出如此感慨。

从面前玻璃墙看出去，深秋的街道银杏金黄，色彩绚烂。倘使阳光晴好，一树树银杏像一树树灿烂的金币，此刻细雨霏霏，银杏树隐退了光芒，现出思考的迷人模样。

韩吉的思考难入深境，因为一个女人袅袅走来，玻璃门无声划开，店员适时出现，恭迎门内。女人熟人熟道，向着韩吉的位置走来。

这是今天韩吉预约的第一个客人。韩吉未起身，就预测了女人今天停留本店的时间，他将为她打理出怎样的发型，漂染出的颜色也是基本确定的。待到这一切完满，女人离开前，如何在镜子前搔首弄姿，顾影自怜，韩吉也是熟悉的。女人成为他的客户十年了。十年，因为每月都要见面，他都没机会看清她是如何一天天变成今天这个眼前些微有了点“老”的样子的。她显然一直满意他对她的“塑造”，这就是十年过去，她依然“忠诚”的把自己的头，不，头发，交给他打理的理由。韩吉偶尔想，一个女人对爱情，能否如对自己满意的理发师一般恒常持久，是说不准的事情。

韩吉开店十五年了。

刚开张那会儿，这条街还是荒凉陋巷，银杏刚栽下，细弱的枝头挂着十几片叶子，出租车很少到这条街上来，偶尔来的，出去很少能碰上搭载的人，就更不想来了。

选择在这样的街上开店，亲近的人就为韩吉担心，但韩吉有耐心。他说："租金便宜。"对方点头。他说："停车方便。"对方停顿后，也点头。韩吉话多起来，清净、环境美，想象一下，这些美丽的银杏树高茂起来，这条街道的景色该有多美。看着对方眼睛睁大，皱眉，哼哼，摇头，又点头。韩吉总结说："我就是剪刀手，我就是要开一个老店，我的店就叫'韩吉理发'。"

就这样，"韩吉理发"在长安街东段的位置挂了牌子，三年后有了另一家"韩吉理发"，细心人识辨出，在这家"韩吉埋发"的边上，多了一个手写体的"2"。韩吉第一天看人把那个牌子挂上去的时候在心里沉吟，他对数字不敏感，他之所以在距离第一个"韩吉理发"不到二百米的地方开出这个"2"店，也完全是想要清静有序的缘故，他内心里拒绝大，拒绝喧哗，说到底，他喜欢有序的，能自主的生活方式。

也许这样的想法在第一个顾客临门的时候就显现了。

第一个顾客就是此刻正袅袅向韩吉走来的女人。

两人偶尔聊起第一次见面“过招”的情景，都忍不住调笑一番，仿佛这样诠释两人的相遇和情谊是很合适的。

理发先读人，韩吉说。一个不自信的理发师是难成就自己的名声的，而名声下的信誉，被客户的依赖，很重要。说穿了，手艺人和顾客，就是彼此驯养。

韩吉面对的群体，多为女人。

女人进店是韩吉开店的第一周。没人慕名韩吉，进店的人对自己的头发不花心思，只是觉得头发长了，是要剪的，剪短就是了。这样的客户，店里的每个理发师都合适。除了两个洗头妹，余下的三个理发师加韩吉这个老板，四个男生在没有特殊点名外，是按一个基本顺序排列的。

但女人进来的时候，韩吉却先于店员一步搭腔，韩吉说："这边请坐。"又说："剪头发吧，护理这次不用。"神情中有三分傲慢，三分矜持，余下皆是游离的女人眉宇之间"噫"了一声，当然，这声"噫"只有韩吉看得懂，听得见。

女人陈述她想要的发型，不要短。刘海要飞扬。耳根脑后如何如何，那样那样。大幅度地比划着手势，韩吉只管听，微微点头，仿佛认同。

女人终于不说话了，韩吉慢声招呼洗头小妹，带客人洗头发。

温水淋在头皮上的感觉使女人惊醒又放松，不觉地在椅子上嘘一口气，走进理发店是一念决定，她没计划理发，但她昨晚和自己最在乎的男人吵了架，憋在心里的气闷无从宣泄，就莫名地想要剪一剪头发。想着走着，抬头看见这家店门。

怀着隐匿的破掉什么又重修什么的心思，女人在韩吉所指的椅子上坐下。

她听见剪刀在耳畔发出一声细碎的声响，莫名地打了个激灵，于是她重申，不要太短。身后一个声音笑一下："您放心。"

放心？女人哼一声，随即陷入昨晚争吵后凝聚在心里的那团气闷中。

等惊醒来的时候，女人看见镜中一个完全不同的自己。头发前所未有的短，短到连耳垂都盖不住了，这哪里是自己描述的那个形象，眼里新添了吃惊，加上旧日迷茫和不知被什么调制出来的悲欣交集。这是自己吗？习惯使女人发脾气，她不想判断好与不好，只想这不是自己描述的。

"你不知道自己想要什么，我帮你判断，做了决定。请和刚才的你比较一番，有比较才有鉴别，货物尚如此，何况人？"韩吉说完，适时闭嘴。女人张嘴，看镜子里的人，转圈，发现双手无处放置，后悔自己没穿带口袋的衣衫，于是临时决定把自己的意见坚持到底。

韩吉微笑：“如果还不认同，你完全可以不埋单，过一些天，头发自己会长长。”

一个月后女人又来了韩吉的店，笑容自然，说她来送上次欠的款，顺便请那个她不知道名字的理发师帮她把头发塑形一下。两人相视一笑。一笑十年。

十年。今天来韩吉店的人完全要预约，不预约当天就不能剪发，或者韩吉不在；在了，一定就有客人，客人走了，预约的客人都打发走了，理发师也是要走的——不复杂啊，这多简单。

韩吉不喜欢等待，如不喜欢自己被等待。现在他每天九点到店里，晚上五点半离开，每个周末休假两天，这是他给自己的规矩，他努力过一种被自己掌控的日子。所以来店里找他理发的，都是会员。

可是这天，韩吉坐在椅子上，看见女人穿过斑马线一步步走近的时候，忽然意识到自己也是被绑架的，被“韩吉理发”，被客户名录中那上百个人“绑架”了。他陷进某种说不清楚的情绪中，发出不被谁听见的一声叹息。

《2016年中国小说精选》长江文艺出版社2017年1月出版

谷 雨

积极生活，这是返乡的厉槟榔勉励自己的心底话，他像凭直觉生活的动物，本能适应生活里出现的意外，既然必须回故乡，他就只能自我调整，适应转变。

但是，一个人的外部和内里是多么不相称啊。自以为有力量的厉槟榔，感到内里现出一种从未有过的虚弱感。

厉槟榔回来，却依然无力调解和立春的关系，似乎连立春也没想到，现在他们住在自己的屋檐下，睡在一张床上了，但他们的身体像两个不再受主人控制的怪物。一个饱满欲绽，一个却疲软如颓柳。

厉槟榔现在是害怕立春，怕得彻底，只要立春在，他就站立不宁。他正激烈地向人说着什么，听见立春的声音立即偃旗息鼓，立春望向他的目光像子弹，能让他顷刻颓废。每天晚上上床如上刑场，久而久之，他们既憎恨对方，也厌倦自己。被欲望裹挟的立春觉得自己可耻，无力迎接立春热情的厉槟榔，在立春的眼睛里看见自己的猥琐相。

立春在一个雾气迷蒙的早上把自己的铺盖搬上了棚屋。想起当初搭建棚屋的心情，回忆起在东莞时和厉槟榔的种种，一些遗忘在时间深处的对话也恍惚想起，立春仿佛听见自己当初对热气腾腾的厉槟榔说“脏”，说厉槟榔身体的每一个地方都像塑料，都散发着塑料的气味，看着脸颊通红的厉槟榔她恶狠狠地说“猪狗不如”。但她不是在返回故乡的那天就回心转意了么？她不是搭起了这个四周散发植物气息的棚屋了么？甚至棚屋不是还为她、为厉槟榔赚来钱了吗？她承认，在东莞的时候是自己有病，现在呢？立春回忆起厉槟榔站在棚屋下向游人收拍照费的情景。她自问自答，我建棚屋，不正是想要和你厉槟榔睡在一个没有一丝塑料气味的地方吗？

立春在早上把铺盖搬到棚屋，厉槟榔却没在傍晚把自己的铺盖也搬上去，他早早地进了屋，灯亮着，之后熄灭。立春从棚屋窗口，看低处那扇黑着的窗，觉得一扇门彻底向自己关死了。

立春把铺盖搬上棚屋，也无疑向半个流水镇的人宣布，她和厉槟榔的生活出了问题。家丑不可外扬，现在却是谁不知道呀。他们彼此见面，目光里藏着话，却又欲言又止。人群就是这样，人们向外看，总比向内看容易些。

与此同时，厉槟榔和桃花合伙儿的挂面厂倒是顺利建起，他迅速找到释放与自我救赎的路径，这真是谢天谢地。生活把一扇门关紧，就把一面窗打开，谁也不会被闷死，厉槟榔没来由地想。

厉槟榔再次找到陀螺般的忙碌感。这旋转的感觉让他获得安全，要不是桃花激烈反对，他就要搬到挂面加工厂住着了。桃花说，这像什么话呀，你是诚心让立春和我也过不去吗？厉槟榔一着急，差点忘了自己的疼，喊叫，都知道我是不行的，我不行，你还不放心啊？

一语出口，两个人都尴尬地僵在那里。

无处可去，厉槟榔整个下午都在河滩闲逛，河水早不似三十年前丰沛，甚至河流的主航道也缩窄了。从前河流的两岸遍种水稻、莲菜，水稻是香水稻，莲菜切开有九个莲孔，于是就叫九眼莲，极其鲜脆。后来河水水位低下去，稻田、莲菜灌溉有难度，每每为放水谁多谁少发生冲突，陆续改成种麦子，再后来，麦子又不及别的作物值钱，于是纷纷改种经济作物。发展大棚，大棚蔬菜，开始种黄瓜西红柿，后来连这个也嫌不赚钱，便改成更高级的大棚作物，巧克力草莓、奶油西瓜，总之啥值钱就种啥。稻田以及蛙鸣四起的莲塘变成了往昔回忆。

厉槟榔在河滩上走走停停，脚下踢着石头，不时弯腰捡起一块，河滩上有许多形状多样，纹路奥妙的石头，把这些带到城里都是稀罕物件。但厉槟榔无意收藏与交易石头，他不时弯腰，随手捡起，就这样走走停停，和一群少年相遇。

厉槟榔不太识得眼前少年都是谁家儿郎，但他们对厉槟榔似乎并不陌生，见厉槟榔，笑嘻嘻地问话：捡石头呀！等看清厉槟榔手上的那几块石头，忍不住哈哈大笑，一个黑胖的少年说，你们看他手上捏的是什么呀？于是这一群少年向厉槟榔发出河水决堤般地哄然大笑，一路哄笑着，跑远了。厉槟榔迷迷瞪瞪地见他们远去，又看见一个少年，眼睛里闪烁着揭秘的热诚，独自向他跑来，用带有几分同情的语气对厉槟榔悄语，你晚上还是操点心吧，你家立春棚屋下的梯子，看被人踩光滑了没。少年很智慧地替厉槟榔出主意，你晚上把梯子搬走藏起来，早上再搬回去。料定立春也不知道。

厉槟榔听见自己的头盖骨处轰然一响，眼前一阵雾气，他摇了摇头，才让耳朵又恢复了听力，他听见不远处平静地流水声，听见风在耳边呼呼地喘息声。他看见手上捏着的石头，都是料礓石，这些被称为泥土之筋骨的料礓石，最初都是上好的泥，年复一年被河水激荡冲刷，最后只留了来这些泥之筋骨，又被河水冲上河岸，留在那里，有的像怪兽，有的像钟乳，有的，竟成了一根根惟妙惟肖的男性生殖器——男人的，生殖器。这就是那群少年看见河滩上游荡的厉槟榔手上拿着这样的石头，一看就懂，懂了就笑的原因。

厉槟榔看清攥在自己手中的那三根坚硬的“生殖

器”，忍不住笑了起来，起初是嗤嗤地笑，担心被谁听见了似的，接着他狂笑起来，笑到踹息，笑到呼吸紧张。但是他又哭了，厉槟榔嚎啕大哭。他一手托举着一根石头的“生殖器”，一手举着自己的残指头，在空无一人的河滩大放悲声。

只有河里的水流缓缓流淌，只有早春的风，有些寒凉地吹着厉槟榔，要用干涩阻止他喉咙里的嚎啕。

《小说月刊》2016.10 期

立 夏

厉槟榔在夜里抽掉通向棚屋的梯子。但这个早上，立春从没有梯子的棚屋下来了，有人说跳，有人说跌。

三米高的棚屋，立春只用两步。她一跳，落脚在紧邻棚屋的麦跺上，接着从麦跺直达地面，姿势夸张，给唯一的观者厉槟榔以挑衅的印象。立春到达地面，半蹲，拢双腿，再起立，看一眼厉槟榔，嘴角含一丝隐约笑意，和嘴巴半张目露惊讶的厉槟榔恰成对比。立春扭扭腰身，什么也没说，走开了。

其实厉槟榔是躲闪不及，他刚走到棚屋下，本想不为人知地打探棚屋里的动静，却遇上立春开门，且以这种方式下楼。

立春来到田野，寻寻觅觅，嘴里不时冒出一句话，如果你有神的耳朵，你会听清她说的是，没有兔子和鹧鸪，一片田野还成什么田野。

她没有摔倒！厉槟榔大声替自己辩解。但谁都相信立春的不正常和厉槟榔关系重大，如果不是他们大打出手，如果不是刚回来就闹分居，如果立春不搬上棚屋另住。

你不和她闹别扭，能这样吗？

但又能咋样，没人能给这对夫妻开出有效的药方，那就只好看他们自身的造化了。

自从发现田野没有兔子和鹧鸪，立春看世界的眼光就发生了颠覆性的变化。她在大地河流山川间逡巡，她看一堆垃圾把一块巨石半掩觉得不应该；她听见河流细弱的流水声，她说河流在哭；一只烂鞋底探出一朵蒲公英的花朵在风行招摇，也叫立春摇头。

立春攥着一把铁锨，站在一堆垃圾前，不断做出厌恶的手势。她奋力把垃圾用铁锨捅开，捅开的垃圾顺着河流漂远，立春目送混合不明的物质离开，说，走！快走远！

立春照例每天去她不满意的田野游荡。麦子碧绿，豌豆角铃铛一样挂在藤蔓上，却挽留不住立春。因为每天走路，她的身姿优美，双腿修长，腰线上移，连恨她给他带了绿帽子的厉槟榔都不能无视她的变化和美丽。他感到迷茫，又想到自己作为丈夫的责任，就想或许该带立春去城里看医生。那架撤走的梯子也被他放回，放稳妥，他给梯子踏板缠上旧 T 恤衫撕扯成的布条。他不确定立春的“不正常”是否和那个早上的“两级跳”有关,但他作为丈夫的恻隐之心还是被唤起。黑夜里他想过和立春的感情，确信他们谁都不爱谁了。

他透过二层楼房中最宽大的那扇窗，看见立春的棚屋，想不通生活。

带她去看病，听医生怎么说。

但立春像一匹烈马从他的手中挣脱，像初夏的太阳一样准时出现在田野上。

她巡游的面积扩大，路通向哪里她就到哪里，那些种药人踩出的小路她也能去，小路隐没林下，似有似无。走在林中似乎很抒情，但立春，这田野上的义务检查员立即发现了不悦目，她看见挂在树上的塑料瓶，铁丝穿过，环绕一棵棵树的腰身，缠绕成一道塑料瓶子的围栏。那是防野猪的，微风入林，那些倒出过菌种、倒出过杀虫剂、倒出过农药的空瓶就会发出尖锐的呼啸，有效震撼来拱猪苓的野猪。这发明就地取材嘛。所以，在种养猪苓等名贵药材的山林，发展林下经济的结果就是这些山谷堆满了大大小小行行色色的塑料瓶子。立春从前看见这些，像看见一片片树叶一样没啥惊怪的，现在立春不是病了嘛，她不是以前的那个立春。

立春收集空瓶，但她一松手，空瓶呼啦一声散开，恢复它们无序的状态。立春百败百战，她看见一片小小的猪苓地边，塑料空瓶多到她不知如何下手，她垒劈柴一样垒砌它们，但一阵风来，哗然一声，空瓶顺坡谷滚滚而下，像一股白色的水流。立春跌坐在地上，虚弱地说：你病了。

这天下午，归来的厉槟榔看见立春拎着一截穿着塑料空瓶的铁丝，和种药材的阿斗纠缠。看见厉槟榔，阿斗有点不好意思，说他不是成心和立春嫂子过不去，只是谁都知道这是没办法的事情，废弃的塑料瓶总不能堆积在自家院里吧，那放哪里？放河里，明显找罚；拿回来再去买，你要倒贴人工费。能用铁丝穿着惊吓野猪算是废物再利用。就担心发山洪，积在山坡沟沟的塑料瓶会被山溪冲下来，那就保不住要花钱了。现在，老天爷没找上门，立春倒找上门了。

立春却突然松手，看厉槟榔，笑嘻嘻地说：你病了。

我病了，就算我病了。厉槟榔用那只被机器吞掉的残手去拉立春，我不是已经不能再出去打工了嘛，我离开五年但我已经回来了嘛，我不再和你分居了嘛，你说我身上有塑料的味道我今晚就和你般到有松树味道的棚屋住还不行吗？

天黑了天还会再亮，只要日子继续，天再亮起，立春依然去田野游荡，不时在这里那里发出永恒的点评。

这天，她走着走着，就闻见一股好闻极了的松树的香气，感到心里一阵舒畅。立春闻到的香，正是厉槟榔南下东莞打工那些年她种下那些柏树散发出来的松香。小松树已经长大长高，这几年树苗的生意不像以前那么好，好在树苗长大，反倒不像幼树需要更多人力的照顾，能靠天生长了。

立春闻着那股香气，不觉扭头向四周看，她的眼睛里升起一阵烟雾般的迷蒙。但遗憾的是这片烟雾很快就飘散了，并没能聚集起足够的力量，把立春唤醒到最初的那个立春身边。

于是，她从那片偶尔降临的迷蒙中退出来，慢慢走回，走过厉槟榔身边，爬上通向棚屋的梯子，嘴里说：你病了。

《海燕》2017·2 期

雪猴子

小雪这天无雪，有霾。微信朋友圈里一片雾霾爆表声。

舞阳想起十年前接母亲从陕南老家到西安小住。汽车翻越秦岭，临近城市的时候，会有一条分明的天际线，呈圆形笼罩在城市上空，让舞阳的母亲吃惊。她惊叹平原上的那片暗沉为锅盖，她说这城就像在锅盖下盖着。后来舞阳每次心情不好的时候，就想起头顶的天空，觉得自己是在锅盖底。但这几年，再从秦岭山区进入城市的时候，被母亲形容为锅盖的那层蓝和灰没分界了。天气特别恶劣的时候，她向南开车穿越十几个隧道，才能把那片深不可测的灰色抛在身后。至于那灰，在舞阳的目测里，其色接近擦过积尘半年的地板之后洗过拖布的水色，脏污！

今天就是这样的天气，雾霾天。高速路封了，航班不能正点起落，私家车限行一半，中小学校停课，但这些并没使眼前这场霾消散，朋友圈处处乌烟瘴气。

第一、二天停课不在周末，舞阳只能把儿子喜洲托付给隔壁的莲奶奶，请她在午饭点帮喜洲在微波炉上加热午饭。舞阳只能在心里嘀咕，给孩子放假，就没想过不放假的家长？这放假的孩子临时托付给谁？

停课，小学三年级的喜洲简直要欢庆，他冲到眉头紧锁的舞阳跟前说，我想放炮。

但第二天喜洲就不欢乐了，“停课不停学”，比霾重的是桌上的作业，作业比平时多出几倍，他除了中午吃莲奶奶加热的午饭有些耽搁，几乎一天都埋头在桌前，写作业，写作业。晚上家长要在微信群里给各科老师汇报孩子作业的完成情况，晚饭舞阳叫了喜洲五次，一声比一声焦躁，一声比一声上火。

第三天当然继续停课，周末嘛！喜洲呆呆的。舞阳心里不安，周末她可以一心照顾喜洲。她从喜洲身后顺着喜洲的目光看，看见黑沉沉的天空，对面脏脏的屋檐，灰蒙蒙的别人家的窗子一律紧闭，死寂寂的。舞阳有点难过，她小声对喜洲说，作业可以稍后做，先过来和妈妈一起做个游戏好不好。

喜洲忽然说，鹁鸽没来。三天了，鹁鸽都没来。

舞阳忽然想起是有些天没看见那对鹁鸽了。舞阳喜欢在阳台空调板上放米放菜叶放馒头粒，所以有对鹁鸽几乎每天都来。现在不见鹁鸽的踪影，是因为霾的缘故吗？鹁鸽都知道躲霾？它们飞去哪儿了？

喜洲站在窗前，自言自语，下雪后鹁鸽就能回来了。

是的，雪一下就好了。舞阳说。

舞阳想把喜洲从窗边喊过来，她说喜洲过来我给你讲个故事。

这一说舞阳惊了一吓，她有多久没给喜洲讲过故事了？

喜洲欢喜地走过来，舞阳就讲雪猴子的故事。

说有个镇子，镇子后面的山上有汪温泉，温泉附近的林子里住着一群猴子。冬天寒冷的时候，猴子就去温泉里待着。猴子待在温泉中，个个脸通红，它们红着脸，热腾腾地彼此嬉闹，捉虱子。猴子舍不得离开温泉，于是他们只会越来越热越来越热。热又使猴们口渴，于是猴王率领众猴上到后山。猴王倒挂树枝，其余猴子一个牵着一个，倒挂半空，逮住一朵一朵浮在半空含着雪气的云朵，一朵一朵吃掉。

这样，那些含雪的云就不能飘到山下的小镇，小镇不下雪，镇上的人就不能看到雪花。

喜洲眼睛明亮如星子，完全沉浸在舞阳的故事里。舞阳很感动，觉得沟通孩子和大人心灵的，就是故事和童话。

霾是不是因为不下雪？喜洲问。

要是能下雪就好了。今天节气是小雪，却没有一片雪，只有漫天霾。舞阳有气无力地回答。

喜洲又回到摊开的作业前，却很难集中注意力。他不安地扭动，回头喊舞阳，说头疼。舞阳走到喜洲跟前，摸摸喜洲的脑袋，不发烧，看看喜洲的眼睛，黑白分明，再看看窗外，觉得自己也头疼。舞阳走进厨房，榨一杯柚子汁给喜洲喝。

舞阳趁这功夫把一周来凌乱到顶的屋子收拾整齐。她擦窗户，看见抹布上黑亮的尘灰，不觉惊心。

舞阳努力平定自己，她再不能把坏情绪带给喜洲。当初离婚的时候，舞阳得到喜洲的抚养权，就是因为喜洲的爸爸那爆烈的脾气让法官以为他会虐待孩子。

收拾好房子，舞阳背对窗子跏趺而坐，调息稳定情绪，她想要画一幅画。离婚两年来，画画成为舞阳自修的方式，不知觉中，舞阳的画技大有进步。

她在宣纸上画，笔尖落纸，一滴墨汁沁入纸上，她从那一滴墨生发，一路旖旎，一路葳蕤。不知觉中，一尊尊菩萨像在舞阳的笔底浮现，最后舞阳在那片空隙处，在一尊菩萨的裙子边写下小小的一行字：等风来。

此时喜洲已做完数学作业，写完了一篇名为《桥》的作文。眼下他在画一幅画，画画从来都难不住他，今天他更有感觉，他的画就叫《雪猴子》。画面上，一群雪猴子被赶开，眼巴巴地望着温泉，温泉的两端各站着一个人，矮的分明是喜洲，另一个高大男人像是喜洲爸爸。温泉的上方，饱满的，包含雪气的云一朵跟着一朵，接踵向下面的镇子飘。

后来，舞阳和喜洲都看到了对方的画，他们嘻嘻哈哈，很快乐的样子，画画的乐趣使他们暂时忽略了窗外灰蒙蒙的天空。

这天夜里，一场连气象局都没预测准确的雪，在舞阳和喜洲的睡梦中真实地落下来了。

《红豆》2017年9期

夜钓

天热得狗卧树荫吐舌头。我在聒噪蝉鸣中想到一个好去处，只等下班出发。

忽然云遮骄阳，电闪雷鸣，雨大如天破。一支烟功夫，又见云退雨收，彩虹横空，夕阳熔金。

不迟疑，立即下楼出发。我的“马驹”携带风声，向水库去。雨并未散去空气中的闷，这样的天气夜钓，会有好收获。

我夜钓是带帐篷的，后半夜困倦了，有个安稳的地方睡。在后半夜的唧唧虫鸣中倒头就睡，其幸福感，没体会过的人不知道。在仲夏的夜梦中听大鱼水中扑通，在深秋的夜晚，听见鹤群从帐篷顶上飞过时抛下的几声鹤鸣，都让我分外感动，幸福到心生出一层薄薄的伤感。

我周围的人总以为我钓鱼是为了吃鱼。他们得到我钓鱼归来慷慨的赠予，以为我是收获过多需要有人来分享，其实我从来没吃过自己钓上来的鱼，钓鱼的夜晚已经让我足够幸福。

还有一个秘密，鱼上钩我开心，不上钩我也开心，但总是有鱼上钩的，就是这样。

这个夜晚也像以前那些夜钓的夜晚一样。扎好帐篷，放好护垫，我再选一处水域支稳我的钓竿。

等鱼上钩近似禅修，夜钓不单是眼睛看着漂子上的灯，凭耳朵听，凭手上的细微感觉，即使这样，世界喧嚣，又万籁俱寂，人融合其中，隐绰成世界的一小部分。暗昧不明，存在又等同于无。

是的，夜钓是我的禅修。

鱼在水面扑通一声是；夜鸟发出一声梦呓是；萤火虫擦肩飞过是，后半夜被露珠沉重了翅膀飞不动也是；一颗流星坠落山脊线那边是……都是我的禅修，这星空下，这群山间的夜钓，这从春到秋可能偶尔出现在我的日程上的行为，都是我在人世的修行。

夜钓，也被鱼钓。我钓鱼，鱼钓去我的时间，我生命中的那些永逝不再的夜晚。

后半夜，我都会爬进帐篷睡觉，天亮前醒来，返回城里，看见眼前车水马龙，仿佛离开很久，有一种被刷新的微妙感。

今夜，我也是在后半夜爬进帐篷里睡的。似乎睡下很久，又仿佛刚睡下，在一片朦胧中听见人语声。

支起耳朵听，四野虫鸣四溢，人声无踪，以为听错，躺下，声音再响起，贴着地皮水面，被草丛阻隔遮蔽，戚戚戚戚，切切切切，似有若无，陌生怪异。我再次抬头，又似乎无声。我沉声问：谁在那边？搭个话！

过一会儿说：我们是捕虾的。

看来是两个人，我答，我钓鱼，一个人。

那边悉悉索索，试探问：要不要过来，一起吃点儿东西？

一束手电灯的光打过来，我赶紧说，你关灯，我有灯。

过去，遇见一对夫妇，说住在里面村子。我说以前我来这边，怎就没遇上过，他们说，他们不久前才从城市返乡，以前在深圳打工，年前工厂裁员，索性两口子都回来了，回来老家这边正搞旅游开发，他们就收拾了老家的房子，开了农家乐，生意时热时冷，收入虽不如在外面打工稳定，但住的宽展，空气又好，索性暂时先这样过，天热，来农家乐的人多，这个野生虾买得火。他们说，他们隔三岔五地来这里捕捞点，白天买，价钱高。

女人把一个蒙着树叶的竹篮提来，揭开，递给我吃的，是水煮的洋芋和嫩玉米，说都是他们今年刚好赶上种收的，又递过几个青苹果，说是早熟苹果，下午那阵大雨打落的，你尝新。

女人在竹席四角点燃艾绳，使蚊子不能靠拢，这个方法倒比我的帐篷畅快。问他们在深圳的活儿，是在工厂加工电子表的零件，一样的动作重复三年，零件有几个纹路都清晰在心，但从来没见过他们手中零件构成一个完整的手表的样子。我说是技术活儿，男人说，离开工厂的那台机器这技术就没用了，一点用处都没有。他在幽暗中笑，现在炒菜还要从头学起。又说，伺候庄稼也不擅长。女人跟着笑，擅长也弄不出金子。

说来说去，还是眼下这个农家乐赚钱快点，土地么，退耕还林之外，余下的一点，只够种个菜啊调料啊，本身是农民，面粉倒要去买，农民不像个农民。女人想要使她的话里透出幽默。她说她的计划就是把农家乐开起来，真要开起来了，就在故乡扎根，若是规模大了，她就去学炒菜，要超出现在的这个水平，要高出很多，这样才像做生意的。现在做饭，太平常随意，像是给自己吃，像是给家人吃，就是不像生意，太家常。

生意是什么呢？我觉得有趣，就问她。

生意嘛，女人想要找一个词描述她认为的生意，但是没找到。于是说了一句最平常的话，她说，要能赚钱。这回答完全对，但她忽然沉默了。朦胧中我看不清眼前这个女人的脸面，只有轮廓在初七八的星月下隐约，这朦胧恰使这个夜晚被记住。我询问他们家的具体方位，说周末带朋友去吃饭。互道晚安，我回到自己的帐篷。

我在黎明醒来，见他们已经离开。我收拾帐篷，返城。

《中学生阅读》2016.10 期

霜 降

妈妈：

夜里忽然醒来，枕上听见天空有大雁的鸣叫，心里吃惊，以为听错了，就起身到窗边。天上正有一轮圆月亮，我真的看见大雁了，最少有八只，或者是十二只，列队从月亮边飞过去，大雁翅膀的剪影，翅膀上的羽毛清晰可见，我低头咬一下手指，确信这次真的不是做梦。

大雁慢慢地飞远，不见。我还站在窗边，后来冷把我逼回到床上，可再也睡不着，于是穿好衣服，在被窝里打着手电筒，给你写信。

节气很奇妙，虽然大人说气候变暖了，冬不像个冬，夏不像个夏，但是你看，刚过霜降，大雁就来了，还是很准呀。今天我们的语文课上，姚老师教的，就是二十四节气里的霜降，霜降往后15天，每五天为“一候”共分“三候”，“一候”里，像豺这类动物要为过冬储备食物了，爸爸说过，我们这里几十年都看不见豺。这真遗憾。“二候”草木黄落，这是眼睛能看到的，爸爸在家每回去田里，或在院门口看我走上去学校的公路，就会说，你看一过霜降，柿子树叶就添了黄红，蒙了霜气。我觉得爸爸不像个农民，像个诗人。

写这个的时候我仿佛听到爸爸的声音了，想起他说话的时候嘴里喷出一股股白烟，让霜降的日子显得温暖又像是更冷了。

你和爸爸还是每隔一月才能碰上两人的轮休日，

才能转两趟车，行五十里地，一起吃顿饭，见个面吗？奶奶说广州很大，我笑话她又没去过广州，你和爸爸也说广州很大，但到底有多大，比我们这里的月亮山大吧？山那边的王二妹，她妈妈每隔半个月就能来学校看她一次，带来家里的腌菜和泡萝卜，萝卜香又脆，好吃极了。我慢慢咀嚼，舍不得快速咽下，不是贪嘴，是我在萝卜的味道里想起妈妈你。你在的时候我们家也有这个味道的泡萝卜。

上星期学校来了位阿姨，是深入生活的作家，听说我们寄宿小学的好名声来采访，我们的体育课改成和作家阿姨的见面会，我们在操场上列队迎接她，可能是我站在前排的缘故，阿姨走着走着，忽然在我身边蹲下来，这样她就和我一般高了，她抬头眯着眼睛看头顶的天空，天空湛蓝，阿姨说天空冷艳，像海洋之心。这样的天我们这里常有，以前你说天是你蓝围巾的蓝。你总那么说。虽然你的蓝围巾早旧了，起了毛绒，但你说的时候我仿佛看见那条围巾崭新时候的样子，你说围巾是爸送你的定情物，你说这话的时候脸色好看。呵呵。

是不是因为我在回忆里笑着的缘故，阿姨忽然在我的脸蛋上亲了一口，这使我打了个战抖，脊背上生了一片鸡皮疙瘩，真不适应，我多久没和谁这样亲热过了？有两年了，你的手，爸爸的手，都没有碰到过我的身体了，看来我都不喜欢和谁亲热了，但是很奇怪，当鸡皮疙瘩从我的背上消失，当我的右脸蛋由麻热变得清冷，清冷我猜是阿姨嘴里的热气在我脸上消散带走了热量，我们的数学老师每次哈着热气擦拭他的眼镜片，就说水汽遇冷凝结成小水珠。

阿姨这一亲，我就闻见她脖子里像极了妈妈你的味道，我心里感动欢喜，也有点难过，因为阿姨的味道一晃而过，留也留不住，我很想抓一下阿姨的手，把我的手放进她的手中，被她的手握住，拉着，走几步，我很想去她的怀里。

估计她抱我也是嫌我重了，两年前爸爸见面抱着我的时候就说，他闺女都长高了变重了眼看就要抱不动了。那是两年前，现在我肯定更高了，更重了，两年前我把爸爸的眼泪都压出来了，阿姨比爸爸瘦，比你也瘦，那她肯定是抱不动我的。其实要是有张椅子，她坐着，我在她的腿上坐一会儿，我就满足了，但我们校长一点都没挽留这位作家阿姨坐一会儿的意思，操场上除了两只空空的篮球架子，找不到一个可以坐的地方，我的心思也只能暗暗地放在我的肚子里。

我就这样眼看着阿姨走了。

其实到我们学校里来的叔叔阿姨哥哥姐姐也不少，以至于我们的老师，校长都有了意见，说影响学校的正常教学，这大概也是校长连椅子也不给这位阿姨准备的缘故。

比如重阳节来的电视台的那位姐姐我就不喜欢，

虽然她眼睛大，粉红衣服也叫我羡慕，她还让我在视频里看见了妈妈你，我看见你在那边只顾流眼泪，大概因为激动，说的话含糊不清，结结巴巴，都是病句，要是我那样造句子，语文作业肯定要重写。但是我还是很心疼，我也抱怨我没说好话，只是重复那句“妈妈我想你，想爸爸了。”后来视频挂断了，但是你的一缕哭声从被掐断的线里露出来，像是谁把你的声音弄伤了，叫我很后悔。我几天都不能安心，晚上睡觉，有时候在梦里，都听见你在哭，我觉的这是我不好，连带的，也不喜欢那个电视台来的姐姐了。后来又有一个网站的大哥哥来采访，有三个同学在视频上和父母通话，我只站在墙根，远远看着，替他们担惊受怕。

妈妈，你也给我写信吧，电话和视频里，我们说话总是短，我每次也因为激动说不清自己，电话挂断的时候声音就消失不见了，要把你散在空气里的声音聚合，抓拢，实在太难，那样的夜晚我总是会做不美的梦。

信不一样，它上面的字，每回看着都是清楚的，能看，能摸，能被我枕着，睡觉。

妈妈，知道你很累，爸爸也很累，可我还是盼望你能给我写一封信。好不好呀。

我听你们的话。

你们的女儿：丫丫

《天池小小说》2016·4期

白马

三天前，他看见那匹马，只一眼，爱已无药可救。马在黎明的地平线上向着太阳驰骋，轮廓金红，但经验告诉他，马是白马。他注视着马的背影起伏又起伏，直至消失。在短短的三分钟里，他经历了爱与离别。

他在马离去的蹄声中失魂落魄。蹄声如鼓点敲击，大地的余音不绝，震荡到他的脚心、膝盖，再到他的小腹，在那里盘桓。

他一整天都神不守舍，不时倾耳而听，期待那独一无二的蹄声再次响起。白天过去，四野寂静，他食不知味，夜不能寐。

东方再次亮起前，在他一夜不眠的守候里，那匹马光彩熠熠地出现，几乎是在他眨一下眼睛的时分出现，在此之前一秒，马肯定不在那里。

马静立着，让他联想到一个词:稳静。这一刻看马，马的剪影甚至是黑的，马的鬃毛像一排密集的黑色旗帜，但他依然确信，马是白马，白云的白。

他“嗨”一声，那一声“嗨”寄托着他对马仅仅一天一夜过去就凝集得犹如一生的情感。他敏感地意识到马明白他的情感，马的双耳陡然一竖，黎明的地平线忽然一亮，“哗啦”一声，点亮天地之间那匹伫立的马。几乎同时，马一个打挺，在他目不转睛的注视里，完成从起步到驰飞到止步的一个完美过程，像是诚意报答他的守望，又像是要自夸给他看，马鬃耸起，状如飘雨，四蹄飞翻，色白如霜。他虽然站着，却觉得耳后生风，鼻头出火，像醉酒之人站脚不稳。小白马、小白龙、龙龙……他在喉咙里咕哝着，踉跄着向马靠近。

他向马远远地伸出他的右手，他想走得姿态洒脱，但却走得磕磕绊绊，他控制不住战栗，但他还是靠近了马，近到能在马泉水般的眼神中照见自己，头发如马鬃高高飞扬，眼睛里火焰升腾，正是巨大爱情降临时的光焰。太阳悬于马的身后，他看见马从灰到红再到白的三变色。他一跃而起，就在他几乎触及马背的一瞬，马闪电般地向他扬起后蹄。他感到小腹一麻，马蹄却在离他一寸的距离收住。马九十度的一个转身，向着天边飘然而去，使他再一次地失魂落魄。在马如鼓点敲击大地的蹄声中，他小腹的麻酥从腹部扩大到他的双腿、膝盖，一直到脚心，大地在他的脚心长久地震颤。

他忽然想起他的经验，两天来退隐的经验这一刻被唤醒。他要用经验拥有这匹马。

是的，他是驯马师，草原上最优秀的驯马师，驯服野马是他一生的光荣。他是野马的敌人，也是野马的知己。千里马之于伯乐，野马之于他，都是彼此的存在意义。

带上驯马师的套绳、鞭子以及嚼子，它们从祖先那里传递过来。他想起他的工具，却决定放弃工具，赤裸的马，天籁一般妙不可言的马，任何工具对它，都是侮辱。他决定徒手对待白马。

他在第三天黎明前夕等在他遇见马的地方，他预感马会来和他约会。

他捕捉到风中马的气息，循着气味，他看见那匹马，他耸动鼻翼，心醉神迷，但他清醒着眼前的约会，努力控制着自己的动作，把身体变成一朵云，袅袅升腾，飘上马背。他感受到了马背的温度与弹性，但几乎同时，他像一滴难以栖息在树叶上的水珠一样，在马背上弹跳而起，跌落在马身后的草地上，溅起草的浓香、露珠的清香、铁线莲薄凉的冷香，穿过这些混合的气味，白马独一无二的气息扑进他的鼻腔。

他再次把身体聚拢成一朵云，飘向马背。他依然白费力气，再次坠地。白马稳立不动，目露促狭，像是在奚落他，又像是在嘲讽他。

他仰脸躺在地上，向白马伸出双手，喃喃自语：小白马、小白龙、龙龙……

他听见四周哄然而起的笑声。

你还是驯马师吗?

你像个发了情的娘儿们，水汪汪的。

你忘了你的鞭子、套绳、马嚼子啦?

他的那些驯马的搭档，他们是什么时候出现的?他真是昏了头，忘了潜伏在白马身边的危机。

多么漂亮的一匹马啊！伙伴们赞美道。

去野马那里，带上你的马鞭和嚼子，你忘了这些了，一个驯马师怎能忘了这些！奚落他的同伴，把一根长长的套绳向白马抛去。

他从草地上跃起的同时，看见三根套马绳从三个角度抛向他心爱的白马的脖子，把腾空的马从半空绊倒在地。马在脊背触地的刹那再次腾起，像一团火焰般跑远了，脖子上的绳索在它的身后哆哆嗦嗦，一路延伸，似乎也可以延伸到天边。太阳猛然一跃，马卷裹的那团火焰在天边再次被绊倒，绊倒又挣起，像夏日雷雨天在草地深处炸响的连环雷。一团火焰，又一团火焰。三个驯马师拉着套索滚下各自的马背，被白马拖拽着在草地上犁过，却都不松手。又有三个驯马师齐刷刷抛出手上的套索，把他们像石头般沉重的身体坠在各自的套索上，一起对付那孤胆英雄。冷铁的马嚼子穿过白马的嘴唇，缰绳也已套上，天光大亮，所有的人都看清眼前这匹马，熠熠生辉，仿佛神就住在它那一边。

一个胆大妄为的家伙拉着马缰绳跃上白马优美的

脊背，但他旋即像被利剑刺中一般滚落下来。另一个知难而上，被马闪电般地一踢，也跌下去了。

同伴的号叫唤起驯马人心中更大的野性。六根套索如死亡的绞索，把马拉翻在地。跃起，摔倒。摔倒，跃起。似乎一千次。嫣红如红宝石的血滴从衔铁口滴滴跌落。

即便这个时候，他心爱的白马依然睁着那双不染一尘的眼睛，它不知道不屈服的马儿在驯马人这里是不存在的。被驯马人捕获的马儿，只能站在他们一边。

白马最终的结局可想而知。马被杀死，变成驯马人胃囊中的物质，马的精神将来到人的身体里，马的勇气、气力、无畏、不屈，这些都是驯马人看重的。宰杀烹食马肉的过程，也以欢庆的方式，男人举杯痛饮，女人载歌载舞，孩子为争一块马的拐骨扭打在一起。

奇异的肉香不可阻挡地冲进他的鼻腔，刺激他的眼泪滚滚。

他渴望得到马的头骨，哪怕他要为此和那个杀死马的驯马师决斗，他也不放弃这最后的机会。他想要珍藏它，像珍藏可以一生缅怀的爱情。

当夜晚的虫鸣被睡神宽大的袖笼收没，寂静的草原夜，只有他和他的马头琴醒着，如泣如诉。他恍惚看见白马驮着他驰飞，马鬃飞扬，状如飘雨，四蹄飞翻，色白如霜，使他风生耳后，鼻头出火。

《文艺报》2013年8月21日